SCIENCE FICTION

Herausgegeben
von Wolfgang Jeschke

STAR TREK – STARFLEET KADETTEN

Band 1:
John Vornholt
Generation · 0606501
(Der Roman zum Film ›Treffen der Generationen‹)

Band 2:
Peter David
Worfs erstes Abenteuer · 0606502

Band 3:
Peter David
Mission auf Dantar · 0606503

Band 4
Peter David
Überleben · 0606504

Band 5:
Brad Strickland
Das Sternengespenst · 0606505

Band 6:
Brad Strickland
In den Wüsten von Bajor · 0606506

Band 7:
John Peel
*Freiheitskämpfe*r · 0606507 (in Vorb.)

Band 8:
Mel Gilden & Ted Pedersen
Das Schoßtierchen · 0606508 (in Vorb.)

Band 9:
John Vornholt
Erobert die Flagge! · 0606509 (in Vorb.)

Band 10:
V. E. Mitchell
Die Atlantis Station · 0606510 (in Vorb.)

Band 11:
Michael Jan Friedman
Die verschwundene Besatzung · 0606511 (in Vorb.)

Ein Verzeichnis weiterer in der Reihe
HEYNE SCIENCE FICTION & FANTASY
erschienen STAR TREK-Romane finden Sie am Schluß des Bandes.

BRAD STRICKLAND

IN DEN WÜSTEN VON BAJOR

Star Trek®
Starfleet Kadetten
Band 6

Deutsche Erstausgabe

WILHELM HEYNE VERLAG
MÜNCHEN

HEYNE SCIENCE FICTION & FANTASY
Band 06/6506

Titel der Originalausgabe
STAR TREK: DEEP SPACE NINE # 2
STOWAWAYS
Übersetzung aus dem Amerikanischen von
UWE ANTON

Redaktion: Rainer Michael Rahn

Erstausgabe bei Pocket Books,
a division of Simon & Schuster, Inc., New York

Printed in Germany 1995
Umschlagbild: Alan Gutierrez
Innenillustrationen: Todd Cameron Hamilton
Umschlaggestaltung: Atelier Ingrid Schütz, München
Technische Betreuung: M. Spinola
Satz: Schaber Satz- und Datentechnik, Wels
Druck und Bindung: Ebner Ulm

ISBN 3-453-09055-1

Dieses Buch ist Jonathan gewidmet,
und er weiß, warum.

DEEP SPACE NINE
PLAN DER STATION

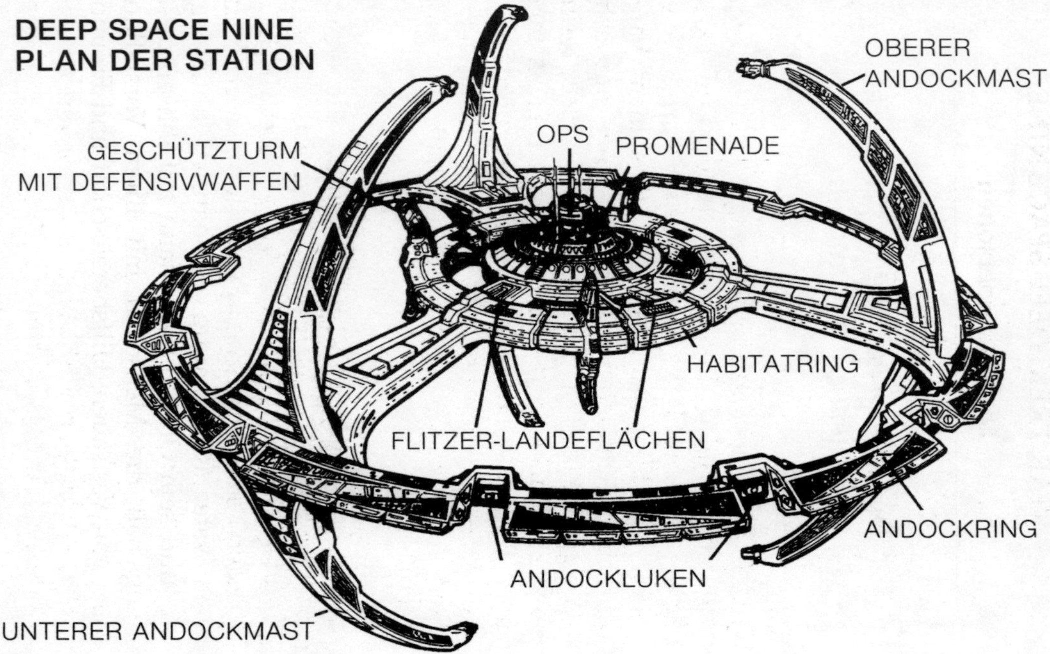

STAR TREK: DEEP SPACE NINE

Die Hauptpersonen

JAKE SISKO – Jake ist Teenager und der einzige menschliche Junge, der ständig auf Deep Space Nine wohnt. Jakes Mutter starb, als er noch sehr klein war. Er kam mit seinem Vater auf die Raumstation, fand dort aber nur sehr wenige Kinder in seinem Alter vor. Er erinnert sich nicht an das Leben auf der Erde, mag aber Baseball und Schokoriegel und würde sich am liebsten vor seinen Hausaufgaben drücken. Sein Vater billigt seine Freundschaft mit Nog nicht.

NOG – Ein junger Ferengi, dessen wichtigstes Ziel im Leben es ist, Geld zu verdienen. Darin unterscheidet er sich nicht von den anderen Mitgliedern seiner Spezies. Es stört ihn nicht, daß sein Vater Rom häufig geschäftlich unterwegs ist und sein Onkel Quark dann auf ihn aufpaßt. Nog hält die Menschen mit ihren Vorstellungen von Vertrauen, Hilfsbereitschaft und Freundschaft für seltsam. Er versteht Jake nicht immer, doch da sein Vater ihm den Umgang mit dem

Jungen von der Erde verboten hat, sind Nog und Jake die besten Freunde. Nog spielt anderen gern Streiche, versucht aber immer, Odo aus dem Weg zu gehen.

COMMANDER BENJAMIN SISKO – Jakes Vater wurde von Starfleet Command als Befehlshaber der Raumstation und Verbindungsoffizier zwischen der Föderation und Bajor nach Deep Space Nine versetzt. Seine Frau kam bei einem Angriff der Borg ums Leben, und er zieht Jake allein groß. Er hat stets sehr viel zu tun, bemüht sich jedoch, mehr Zeit für seinen Sohn zu finden.

ODO – Der Sicherheitsoffizier wurde vor vielen Jahren von bajoranischen Wissenschaftlern gefunden und weiß nicht, woher er ursprünglich stammt. Er ist ein Gestaltwandler und kann daher für eine gewisse Zeit jede beliebige Form annehmen. Normalerweise bewahrt er ein menschenähnliches Äußeres, doch etwa alle sechzehn Stunden fällt er in seinen natürlichen flüssigen Zustand zurück. Gesetzesbrechern bringt er keine Nachsicht entgegen, und Ferengi noch weniger.

MAJOR KIRA NERYS – Kira war während der Besetzung Bajors durch die Cardassianer Freiheitskämpferin im bajoranischen Untergrund. Nun vertritt sie auf der Station die Interessen Bajors und ist Siskos Erster Offizier. Ihr Temperament ist legendär.

LIEUTENANT JADZIA DAX – Eine alte Freundin von Commander Sisko und Wissenschaftsoffizier. Dax ist eine Trill und besteht in Wirklichkeit aus zwei miteinander verbundenen Wesen. Im Wirtskörper einer jungen Frau lebt ein Symbiont mit eigenständigem Bewußtsein. Sisko kannte den Symbionten Dax in dem vorhergehenden Gastkörper, der männlich war.

DR. JULIAN BASHIR – Der abenteuerlustige Dr. Bashir zählte zu den besten Studenten seines Jahrgangs und bat darum, auf einen Außenposten am Rand des Föderationsraums versetzt zu werden. Seine Begeisterungsfähigkeit bringt ihn manchmal in Schwierigkeiten.

MILES O'BRIEN – Früher Transporter-Chef an Bord der *USS Enterprise* und nun Leiter der technischen Abteilung auf Deep Space Nine.

KEIKO O'BRIEN – Keiko war auf der *Enterprise* Botanikerin, zog aber mit ihrem Ehemann und ihrer kleinen Tochter Molly auf die Station um. Da es für eine Botanikerin auf Deep Space Nine kaum etwas zu tun gibt, hat sie eine Schule eröffnet und unterrichtet alle Kinder, die ständig oder auch nur zeitweise auf der Station wohnen.

QUARK – Der Ferengi ist Nogs Onkel und Geschäftsmann. Ihm gehört ein Restaurant, dem ein Spielkasino und Holo-Kammern angeschlossen sind. Es befindet sich auf der Promenade, dem zentralen Schauplatz zahlreicher Aktivitäten auf der Station. Quark hat bei jedem Geschäft, das an Bord gemacht wird, die Hand im Spiel, und schafft es fast immer, dem Gesetz – normalerweise in Gestalt von Odo – einen Schritt voraus zu bleiben.

1

»Das war's schon«, sagte Dr. Julian Bashir, Chefarzt von Deep Space Nine. »Gleich müßtest du dich besser fühlen, Jake. Wie hast du dir diese Bänderdehnung überhaupt zugezogen?«

Jake zuckte zusammen, als der verletzte Knöchel einen weiteren pochenden Schmerz durch sein Bein schickte, und wollte dann antworten, doch sein Vater, Benjamin Sisko, kam dem Teenager zuvor. »Er hat Baseball gespielt.« Sisko verschränkte die Arme vor der Brust. Er sah streng und stark aus, genau, wie es beim befehlshabenden Offizier einer Raumstation der Fall sein sollte. Wenn er mich nur nicht immer herumkommandieren würde, dachte Jake.

»Baseball?« fragte der Arzt mit einem verwirrten Ausdruck auf dem schmalen Gesicht. »Was ist das?«

»Ein alter Sport von der Erde«, antwortete Sisko, bevor sein Sohn sich zu Wort melden konnte. »Jake und ich betreiben ihn gelegentlich in der Holo-Kammer, aber die Unruhen auf Bajor haben mich in letzter Zeit dermaßen auf Trab gehalten, daß er allein gespielt hat.«

»Kommt es bei diesem Sport zu starken körperlichen Belastungen?« fragte Bashir den Jungen.

Erneut antwortete Sisko: »Ein Werfer wirft einen Ball, ein Schlagmann versucht, ihn mit einem Holzstock zu treffen, und andere Spieler müssen den getroffenen Ball dann auffangen. Wenn man Baseball spielt, muß man viel laufen, springen und rutschen. Auf diese Weise hat Jake sich den Knöchel verletzt – er ist in das zweite Mal gerutscht.«

»Hmm«, machte Dr. Bashir. »Na ja, ich weiß nicht genau, was ein ›zweites Mal‹ ist, aber du hast dir den Knöchel schlimm verstaucht. Tut es noch weh?«

Jake Sisko sah seinen Vater an. Der großgewachsene Mann erwiderte den Blick fragend. »Nun?« sagte er zu seinem Sohn.

»Tut mir leid«, sagte Jake. »Ich dachte, du würdest wieder für mich antworten, wie du es bislang immer getan hast.«

Dr. Bashir lachte.

Sisko runzelte die Stirn. »Jetzt hör mal, junger Mann …«, begann er.

»Nein, schimpfen Sie nicht mit ihm«, sagte der Arzt. »Jake hat völlig recht, Commander. Eltern machen das schon seit Urzeiten so. Mein Vater war genauso, Jake. Also, von einem leidgeprüften Sohn zum anderen – wie fühlt sich der Knöchel jetzt an?«

Jake lehnte sich auf dem Untersuchungstisch der Krankenstation zurück und bewegte den rechten Fuß. Ein biosynergetischer Beschleuniger, eine Art flache, hohle Röhre, bedeckte den Großteil seines Fußes und Unterschenkels. Lämpchen auf der Kontrolltafel des Instruments blinkten rot und gelb auf, um anzuzeigen, daß heilende Energie in seinen verletzten Knöchel abgegeben wurde, und der Schmerz ließ allmählich nach. »Es wird besser«, sagte er. »Ich kann den Fuß jetzt schon ganz

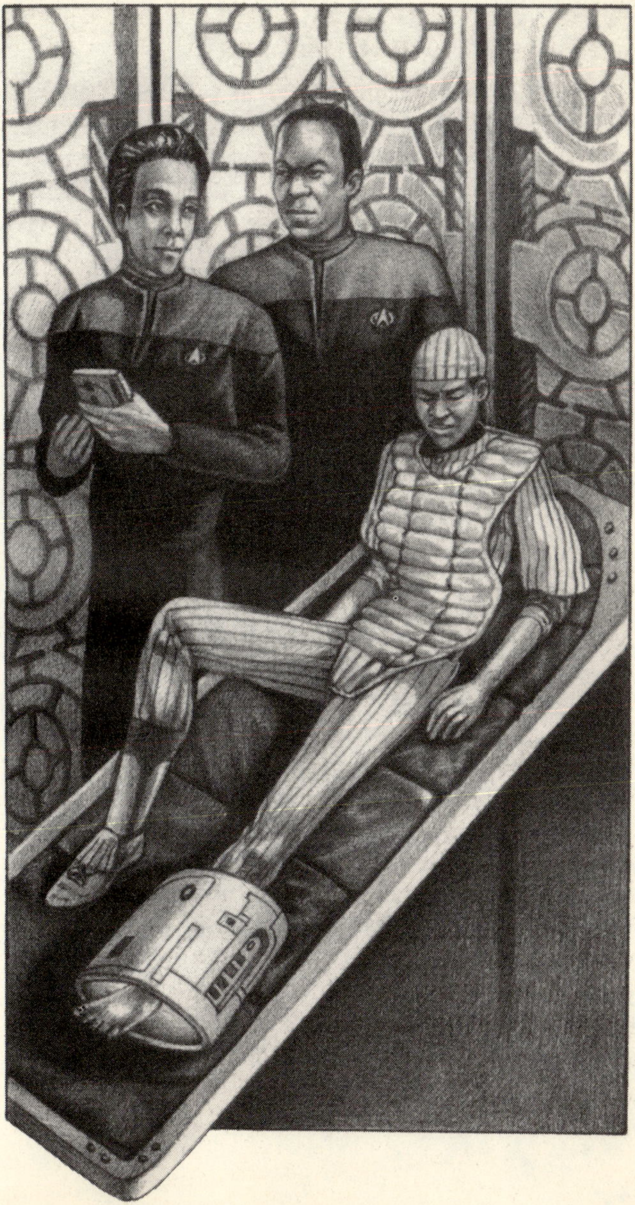

gut bewegen, und der Knöchel ist nicht mehr so steif wie zuvor.«

»Ausgezeichnet«, sagte Bashir. »Noch ein paar Minuten, und du bist wieder wie neu. Damit die Bänder nicht verhärten, darfst du den Knöchel in den nächsten paar Tagen nur vorsichtig bewegen. Ich empfehle, daß du jeden Tag eine halbe Stunde lang spazieren gehst, aber den Rest der Woche über nicht mehr läufst. Alles klar?«

»Sicher doch«, sagte Jake.

»Na schön.« Bashir drehte sich zu Commander Sisko um. »Er kommt wieder in Ordnung. Aber wenn ich Sie schon mal in meiner Krankenstation habe, Commander, könnten Sie *mir* vielleicht eine Antwort auf mein Gesuch geben. Habe ich Ihre Erlaubnis, Bajor zu besuchen, solange die *Excalibur* hier an Deep Space Nine andockt?«

Sisko seufzte. »Dr. Bashir, wenn Sie nicht ausgerechnet Sakelo City besuchen wollten...«

»Aber das ist nun mal mein Ziel«, sagte Bashir freundlich. »Commander, das medizinische Personal der *Excalibur* ist hervorragend ausgebildet, und Dr. Somak hat sich bereit erklärt, meine Pflichten an Bord der Station drei Tage lang zu übernehmen. Ich kann bestätigen, daß die Mannschaft von Deep Space Nine dank meiner hervorragenden medizinischen Kenntnisse bei ausgezeichneter Gesundheit ist. Abgesehen von kleineren Unfällen, wie Jake gerade einen gehabt hat, mußte seit Wochen keine ernsthafte Erkrankung mehr behandelt werden. Das ist eine ausgezeichnete Gelegenheit für mich, Bajor zu besuchen und mehr über seine Menschen und Bräuche zu erfahren, und Sakelo City ist der ideale Ort dafür.«

»Die Stadt ist eine Brutstätte für Revolten«, erwiderte Commander Sisko. »Dr. Bashir, seit dem Rückzug der Cardassianer versuchen die Bajoraner verzweifelt, als Volk zusammenzuwachsen. Doch überall gibt es Fraktionen, die gegeneinander arbeiten, und der Bürgerkrieg ist nur noch einen einzigen Angriff, ein einziges Attentat entfernt. Sakelo City ist der berüchtigste Schlupfwinkel von Rebellen und Revolutionären auf dem Planeten. Nicht einmal Kai Opaka konnte sich dort voll durchsetzen, als sie sich noch auf Bajor befand, und Sie wissen ja, wie sehr alle Bajoraner sie verehrt haben.«

»Drei Tage«, sagte Bashir. »Nur drei Tage. Und sehen Sie es doch mal so, Commander – ich könnte als Geheimagent fungieren.«

»Als was?« fragte Sisko. Er klang verwirrt und amüsiert zugleich.

Der junge Arzt beugte sich vor und musterte sein Gegenüber ernsthaft. »Als Geheimagent. Ich könnte die wirkliche Geschichte der rebellischen Fraktionen in Sakelo City in Erfahrung bringen. Ich war noch nie dort, und niemand würde mich erkennen. Dort gibt es zahlreiche Fremdweltler. Wie Sie selbst gesagt haben, ist die Stadt eine richtige Lasterhöhle, in der es vor Schmugglern und zwielichtigen Gestalten nur so wimmelt. Ich könnte mich als Asteroidenbergmann ausgeben, oder als Raumpirat, der Waffen zu verkaufen hat. Die Rebellengruppen würden sich mit mir in Verbindung setzen, und ich könnte herausfinden ...«

»Dr. Bashir?« fragte Jake. »Äh ... mein Knöchel fühlt sich jetzt ausgezeichnet an.« Auf der Kontrolltafel leuchteten nur noch grüne Lämpchen.

Der Arzt hüstelte unsicher und schaltete den biosynergetischen Beschleuniger aus. Er öffnete den Zylinder, und Jake zog den Fuß heraus. »Warte«, sagte Dr. Bashir, »ich helfe dir herunter, dann kannst ein paar vorsichtige Schritte machen und feststellen, ob der Knöchel dein Gewicht trägt.« Er legte den Arm um Jake und half dem Vierzehnjährigen, sich von dem Untersuchungstisch zu erheben. Als Jake auf den Füßen stand, trat der Arzt von ihm zurück. »Wie fühlt sich das an?«

Jake machte einen Schritt, und dann noch einen. »Ausgezeichnet«, sagte er grinsend. »Danke, Doktor.«

»Ich habe nur meine Pflicht getan«, sagte Bashir und erwiderte das Grinsen. »Also, Commander, was Bajor betrifft …«

Mit einem reuigen Kichern hob Sisko die Hände. »Das reicht. Ich gebe auf. Also schön, Julian, Sie haben meine Erlaubnis, Sakelo City drei Tage lang zu besuchen. Aber nur unter einer Bedingung.«

»Bedingung?« fragte Dr. Bashir, hielt dann aber sofort inne. »Jawohl, Sir. Alles für Starfleet. Was soll ich denn für Sie tun, Commander?«

»Entspannen Sie sich«, sagte Sisko. »Machen Sie sich ein paar schöne Tage und spielen Sie auf keinen Fall Geheimagent. Ist das klar?«

Dr. Bashir schaute etwas enttäuscht drein. »Ich glaube schon«, sagte er seufzend.

»Sehr gut. Wann wird der medizinische Stab der *Excalibur* Ihre üblichen Pflichten übernehmen können?«

»Ich muß noch die Krankenberichte auf den

neuesten Stand bringen, aber damit bin ich morgen fertig, Commander.«

Sisko nickte. »Die Flitzer sind mit Beschlag belegt, aber fordern Sie ein Shuttle der *Excalibur* an – ich glaube, die *Einstein* ist frei. Und ich erwarte Sie in drei Tagen ausgeruht und erholt zurück.«

»Verstanden, Commander«, sagte der Arzt.

Jake räusperte sich. »Äh, Dad ... wenn Dr. Bashir nichts dagegen hat, könnte ich ihn vielleicht begleiten?«

»Das ist keine gute Idee«, sagte Sisko.

»Komm schon, Dad«, beklagte Jake sich. »Du hast schon lange versprochen, mich nach Bajor mitzunehmen, und bist noch nie dazu gekommen.«

»Du warst mit der Schule auf Exkursionen dort«, stellte Sisko klar.

»Aber immer nur ein paar Stunden lang«, sagte Jake. »Ich will mal über Nacht auf einem richtigen Planeten bleiben, unter einer echten Sonne herumgehen, nicht nur in einer Holo-Kammer ...«

»Dr. Bashir hat schon Pläne gemacht«, sagte Sisko. »Ihm liegt bestimmt nichts an Begleitung.«

Bashir lächelte. »Na ja, wenn Jake unbedingt mitkommen will, wüßte ich nicht, wieso ...«

»Doktor«, sagte Sisko freundlich, aber nachdrücklich, »Sie haben bereits Ihre Pläne gemacht, und Jake gehört nicht dazu. Habe ich recht?«

»Oh«, sagte Bashir. Er schluckte. »Na ja, ich hatte eigentlich nicht vor, jemanden mitzunehmen.«

»Danke, Doktor. Und jetzt komm, Jake.«

Jake und sein Vater verließen die Krankenstation. Jake war noch immer sauer. »Es ist doch immer das gleiche«, beschwerte er sich. »Du versprichst mir, daß wir nach Bajor fliegen können, und dann kommt auf der Raumstation etwas dazwischen, und es klappt doch nicht. Als wir auf dem Mars waren, hast du mir immer wieder versprochen, wir würden die Erde besuchen, und wir hatten nie Gelegenheit dazu. Dad, ich bin es leid, im Weltraum zu leben. Ich will zur Abwechslung mal auf einem echten Planeten sein, und wenn auch nur für drei Tage.«

Sie traten in einen Turbolift. »OPS«, befahl Sisko, und die Kabine setzte sich in Bewegung. Der Commander seufzte. »Ich weiß, wie gern du Dr. Bashir begleiten würdest, Jake. Aber anscheinend hast du nicht zugehört, als ich mit ihm gesprochen habe. Sakelo City war das Hauptquartier der Cardassianer, als sie die Rohstoffe der südlichen Hemisphäre des Planeten ausbeuteten. Es ist eigentlich kaum eine Stadt – eher ein riesiges bewaffnetes Lager. Es stimmt zwar, daß die Bajoraner versucht haben, die Rebellen und die Unzufriedenen in den Griff zu bekommen, aber für Menschen ist sie noch immer ein unangenehmer Ort. Vergiß nicht, die Bajoraner haben über vierzig Jahre lang gegen ihre cardassianischen Herren gekämpft. Viele von ihnen halten die Föderation für kaum mehr als ihre neuen Unterdrücker. Man würde dir in Sakelo City vielleicht einen recht unfreundlichen Empfang bereiten.«

»Aber Dr. Bashir läßt du dorthin fliegen ...«

»Dr. Bashir ist erwachsen«, sagte Sisko. Der Turbolift hielt an, und sie stiegen aus.

Augenblicklich trat ein weiblicher bajoranischer Fähnrich zu ihnen. »Commander«, sagte die Frau,

»Major Kira bittet Sie, mit dem Captain des klingonischen Forschungsschiffes *Thuvis* zu sprechen. Er bittet um …«

Sisko eilte mit dem Fähnrich zur OPS. Der zurückgelassene Jake seufzte und ging zur Promenade, dem vor Besuchern wimmelnden, lauten Geschäftszentrum von Deep Space Nine. »Das ist einfach nicht fair«, murmelte er, obwohl niemand ihn hören konnte. Dann erblickte er eine vertraute Gestalt, klein, mit einem großen Kopf und großen Ohren, und eilte zu ihr hinüber. »Hallo, Nog«, sagte er.

Nog, ein Ferengi und Jakes Freund, drehte sich um und entblößte bei einem Lächeln seine spitz zulaufenden Zähne. »Jake! Ich habe schon nach dir gesucht, aber Odo hat mir gesagt, du wärest auf der Krankenstation. Was ist passiert?«

»Ach, ich habe mich am Knöchel verletzt«, sagte Jake. »Nicht weiter schlimm.« Die beiden Jungen erreichten eine Ecke auf der oberen Etage; dort setzten sie sich gern auf den Boden, ließen die Beine baumeln und betrachteten das geschäftige Treiben auf der Promenade unter ihnen. Als sie sich hinhockten, erzählte Jake alles über seinen Unfall, Dr. Bashirs geplanten Besuch auf Bajor und seine Enttäuschung über das Verbot seines Vaters, den Arzt zu begleiten.

Nog brummte mitfühlend. »Ich weiß, was du meinst«, sagte er. »Auf der Station ist es ja ganz in Ordnung, aber furchtbar langweilig. Nicht genug Gelegenheiten für Abenteuer und Profit. Und die Erwachsenen kommandieren einen ständig herum und schikanieren einen.«

Diesmal gab Jake ein mitfühlendes Geräusch

von sich. Jakes Mutter war tot, und er vermißte sie manchmal schrecklich, mußte sich aber mit nur einem Elternteil begnügen. Nog hatte seinen Vater Rom und seinen Onkel Quark, zwei Ferengi-Geschäftsleute, denen es bislang so gerade eben gelungen war, nicht gegen die Gesetze zu verstoßen, während sie eine sehr erfolgreiche Bar und ein Restaurant auf der Promenade führten. Und weder Rom noch Quark zögerten, Nog mit Arbeit einzudecken oder zu bestrafen, wenn sie der Ansicht waren, er habe ein wenig über die Stränge geschlagen.

»Ich habe eine Idee«, sagte Nog plötzlich. »Warum fliegen wir beide nicht nach Bajor?«

»Toll«, sagte Jake. »Einfach so.«

»Es gibt eine Möglichkeit«, sagte Nog. Die Worte klangen geheimnisvoll und verlockend.

»Nog, bist du verrückt?« fragte Jake. »Mein Vater würde mir nie die Erlaubnis geben, die Station zu verlassen.«

»Wer hat denn was von Erlaubnis gesagt?« erwiderte Nog. Sein scharfzahniges Grinsen war so wild wie das eines Hais.

Jake sah seinen Freund argwöhnisch an. »Du willst einfach als blinder Passagier mitfliegen? Du weißt, daß ich das nicht kann.«

»Na schön, wenn du zu feige bist, um …«

Jake funkelte den Ferengi an. »Das ist es nicht. Aber du weißt, daß es Dad nicht gefallen würde. Zum einen ist es einfach nicht richtig. Zum anderen könnte ich getötet werden, und du ebenfalls.«

»Klar«, sagte Nog. »Aber stell dir doch nur mal vor … Drei Tage auf einem Planeten, und niemand kann uns herumkommandieren, uns Arbeit aufbrummen oder bestrafen. Drei Tage lang könnten wir tun und lassen, was wir wollen. Drei ganze Tage lang wären wir so frei wie ein Ferengi-Krokohippus. Wäre es das nicht wert, ein wenig getötet zu werden?«

»Vielleicht«, sagte Jake zweifelnd. Er dachte daran, wie überdrüssig er der Station war und wie toll es wäre, sich im Freien unter einem echten Himmel zu bewegen. Er mußte nicht einmal die Schule schwänzen, denn sie hatten gerade Ferien. Dennoch würde er sich schrecklich schuldig fühlen, weil er seinem Vater nicht gehorcht hatte. Natürlich, dachte er, hatte sein Vater ihm nicht

ausdrücklich *verboten*, nach Bajor zu fliegen. So gesehen wäre er also nicht gerade ungehorsam. Jakes Dad hatte schließlich ja nur gesagt, es wäre keine gut Idee, Bajor zu besuchen, und das war etwas völlig anderes.

Als könne er Jakes Gedanken lesen, fügte Nog hinterlistig hinzu: »Wenn wir klug sind, findet dein Dad es nicht mal heraus. Ich glaube, mein Vater und mein Onkel würden uns vielleicht helfen.«

Es war ein extrem verlockendes Angebot für jemanden, der es – wie Jake – so leid war, auf einer Raumstation zu wohnen. Er schwankte, und ein unsicheres Grinsen legte sich auf sein Gesicht. »Erzähl mir mehr.«

Sie saßen über der Promenade, ließen die Beine baumeln und genossen ihre Ungestörtheit, und Nog erklärte ihm flüsternd seinen kühnen und zweifelhaften Plan. Einen Plan, der ihre Väter in der Tat veranlassen würde, sie streng zu bestrafen. Einen Plan, der ihnen zweifellos gewaltigen Ärger einbrocken konnte.

Und ein paar Minuten später lachte Jake und nickte begeistert seine Zustimmung.

2

Jake saß gemütlich in Quarks Restaurant, aß ein Eis mit heißer Schokoladensoße und wünschte, seine Ohren wären so groß wie die von Nog. Dann hätte er viel besser dem Gespräch lauschen können, das Nog mit seinem Onkel Quark führte. »In Sakelo City gibt es jede Menge Fremdweltler, Onkel«, sagte Nog listig. »Ich kann mir vorstellen, daß einige dieser Reisenden interessanten Schnickschnack haben, den man billig kaufen kann. Ich könnte ihn hier auf Deep Space Nine verkaufen und einen stattlichen Profit machen.«

Quark war damit beschäftigt, einem Vulkanier mit undeutbarem Gesicht einen komplizierten Drink zu mixen. »Hmm«, machte er geistesabwesend. »Mir gefällt, wie du denkst, Nog. Aber Sakelo City kommt nicht in Frage. Das kannst du vergessen.« Mit einer schwungvollen Bewegung reichte er dem Vulkanier das Getränk. »Bitte sehr«, sagte Quark zu dem Gast. »Ein köstlicher, eiskalter Hundert-Früchte-Drink.«

»Alkoholfrei«, sagte der Vulkanier.

»Natürlich!« rief Quark. »Ich kenne die Vorlieben meiner Gäste.«

Der Vulkanier ergriff das große Glas und drehte es, und die vielfarbigen Säfte flossen zu bunten Spiralen aus Gelb, Rot, Orange, Grün, Blau und Violett zusammen. Er nippte vorsichtig daran und zog dann anerkennend eine Braue hoch. »Das ist sehr akzeptabel«, murmelte er.

Quark strahlte. »Danke sehr. Und hoffentlich erwähnen Sie bei all Ihren Freunden, daß Quark sich auf köstliche Gemüse- und Fruchtsäfte spezialisiert hat.« Der Ferengi warf einen schnellen Blick durch die Bar und das Restaurant, trat hinter den Tresen und bedeutete Nog, ihm zu folgen. Nun befanden sie sich etwas näher bei Jake; dieser spitzte die Ohren und bekam Quarks vertrauliches Flüstern mit: »Ich habe darüber nachgedacht, Neffe. Was Sakelo City betrifft, hast du schon recht. Aber damit ist das Problem nicht gelöst. Wie willst du dorthin kommen?«

»Es gibt eine Möglichkeit, Onkel«, sagte Nog. Mit wenigen Worten erklärte er, daß Dr. Bashir die Erlaubnis bekommen hatte, Sakelo City zu besuchen, und morgen dorthin fliegen würde. »Also«, schloß Nog seine Zusammenfassung ab, »muß ich nur eine Möglichkeit finden, mich auf der *Einstein* zu verstecken. Dann könnte ich drei Tage in den Basaren von Sakelo City verbringen, alles kaufen, was mich interessiert, und es zurückbringen und hier mit Gewinn verkaufen.«

»Aber man würde dich doch sofort bemerken«, sagte Quark.

»Ja, Onkel. Deshalb brauche ich ja deine Hilfe – und auch die von Vater.«

»Aha«, erwiderte Quark. »Jetzt kommen wir zur Sache.«

»Du bist doch sehr geschickt darin, Computersysteme zu manipulieren«, sagte Nog. »Wenn du einfach eine blinde Stelle schaffen würdest, vielleicht in einer der Frachtkammern, würde der

Computer den zusätzlichen Passagier nicht bemerken, und es könnte gelingen.«

»Das ist kein Problem«, sagte Quark mit einem wölfischen Grinsen. »Und was ist für mich drin, Neffe?«

Nog kreischte protestierend auf. Jake aß noch einen Löffel Eiscreme und lächelte schwach. Er achtete nicht auf das unvermeidliche Feilschen, das nun folgte, und hörte erst wieder zufrieden hin, als Quark durch die Zähne zischte und sagte: »Na schön! Wir sind uns einig – aber nur, weil du der Sohn meines Bruders bist und ich eine Schwäche für dich habe. Und ich kann nur hoffen, daß die Reise sich als profitabel erweisen wird.«

Jake löffelte den Eisbecher leer, stand auf und schlenderte davon. Ein grinsender Nog holte ihn nicht weit von Quarks Bar entfernt ein. »Ich hab's geschafft!« sagte er. »Mein Onkel wird den Computer manipulieren, und niemand wird erkennen können, daß wir an Bord der *Einstein* sind. Und er wird meinen Vater überreden, dich zu decken. Und am besten ist, daß es mich nur die Hälfte meines Gewinns kosten wird. Jetzt muß nur noch ein Problem gelöst werden.«

»Und das wäre?« fragte Jake.

»Ich habe nicht viel Geld«, gestand Nog ein. »Also werde ich auch nicht viele Waren kaufen können. Weißt du zufällig, wo ich mir etwas ... äh ... borgen könnte ...«

Jake lachte. »Ich habe von meinem Taschengeld ein paar Krediteinheiten gespart«, sagte er. »Ich werde sie dir leihen. Zahl sie mir einfach zurück, nachdem du dein Geschäft mit Quark über die Bühne gebracht hast.«

»Ausgezeichnet«, sagte Nog und warf Jake einen scharfsinnigen Blick zu. »Und was die Zinsen betrifft, die du verlangen wirst... ich werde keinen Satz zahlen, der über ...«

»Vergiß die Zinsen«, sagte Jake. »Zahle mir einfach das Geld zurück, und damit hat sich die Sache erledigt.«

Nog schüttelte den großen, kahlen Kopf. »Erdenmenschen«, murmelte er. »Sie sind alle verrückt.«

An diesem Abend erfuhr Jake eine weitere gute Nachricht. Sein Vater erzählte ihm, daß die Föderation ein paar Besatzungsmitglieder der *Excalibur* nach Vigan Delta Fünf schickte, einen Planeten in einem System, das nicht allzu weit vom bajoranischen entfernt war. Die Starfleet-Crew führte eine diplomatische Mission durch und stattete den Einwohnern des Planeten einen Höflichkeitsbesuch ab, und Commander Sisko würde den Flitzer, der sie dorthin und wieder zurück brachte, persönlich fliegen. »Also mußt du ein paar Tage ohne mich auskommen«, endete Sisko. »Rom hat mir gesagt«, fuhr er dann fort, »daß du ein paar Tage bei Nog wohnen kannst. Er hat gemeint, er wolle uns in einer Geste der Freundschaft die Hand reichen. Bist du damit einverstanden?«

»Klar, Dad«, sagte Jake und bemühte sich, nicht zu grinsen. »Äh ... wie lange wirst du fort sein?«

»Du mußt auf dich aufpassen«, sagte Sisko. »Ich habe noch nie erlebt, daß ein Ferengi jemandem einfach einen Freundschaftsdienst erweist ...«

»Ich komme schon klar, Dad. Nog ist mein Freund«, erwiderte Jake.

»Na schön… aber benimm dich gefälligst. Das System Vigan Delta ist etwa eine Tagesreise entfernt«, sagte Sisko. »Die diplomatische Mission wird vielleicht zwei Tage in Anspruch nehmen. Also sollten wir in vier oder fünf Tagen wieder zurück sein.«

»Dann weiß ich ja Bescheid«, sagte Jake, obwohl er sich innerlich hämisch freute. Vier oder fünf Tage! Er und Nog würden von Bajor zurück sein, bevor sein Vater wieder auf der Station war. Mit etwas Glück, dachte Jake, würde er nicht mal herausfinden, daß sie Deep Space Nine überhaupt verlassen hatten. Das lief ja ganz ausgezeichnet…

Jake schlich sich am nächsten Morgen direkt nach dem Frühstück fort. Er hatte eine kleine Reisetasche dabei, in der er ein paar Sachen zum Wechseln und seine Ersparnisse verstaut hatte, und begab sich so unauffällig wie möglich zum Andockring von Deep Space Nine. Dort traf er Nog, der einen prall gefüllten Rucksack trug. Niemand schenkte den beiden Beachtung, vielleicht, weil sie ein vertrauter Anblick waren. Sie hingen gern hier im Andockring herum und beobachteten die exotischen Reisenden, die von den fernsten Planeten des Quadranten hierherkamen.

Nog ging voraus zur Luftschleuse, die zu der Andockluke führte, an der die *Einstein* lag. Er berührte die Kontrollen, und der große Lukendeckel rollte zurück. Nog sah sich um, doch niemand beobachtete sie. »Schnell«, sagte er. »Mein Onkel hat die Sicherheitsdetektoren in diesem Gang vorübergehend ausgeschaltet. Sie werden wieder aktiviert, sobald das Schott sich hinter uns geschlossen hat.«

Die beiden eilten durch die Luftschleuse. Das Schott rollte hinter ihnen zurück. »Ziemlich clever«, sagte Jake anerkennend. »Chief O'Brien wird glauben, daß der cardassianische Computer wieder mal ausgefallen ist.«

Nog nickte kichernd. O'Brien, der Leiter der technischen Abteilung, hatte eine feste Meinung über den Wert von cardassianischen Steuersystemen – und sie war durch und durch negativ. Nog drückte auf einen Kontrollschalter neben einer Innenschleuse, und sie öffnete sich zischend und enthüllte einen schrankgroßen Raum. »Hier hinein«, sagte er.

Die beiden Freunde betraten die winzige Kammer, und Nog schloß das Schott wieder. Da die örtlichen Sensoren ihre Anwesenheit wahrnahmen, erlosch das Licht nicht – auch wenn Quark sichergestellt hatte, daß diese Sensoren sie nicht dem Computer des Shuttles meldeten. »Ist das nicht ein Stauraum für Raumanzüge?« flüsterte Jake.

»Genau«, erwiderte Nog. »Für den Notfall, falls der Shuttle den Innendruck verlieren sollte. Aber genau gegenüber befindet sich ein weiterer Stauraum, und darin werden fünf Anzüge aufbewahrt. Da wir auf dieser Reise nur zu dritt sind, besteht also keine Gefahr.«

»Das habe ich nicht gemeint«, sagte Jake. »Ich habe mich nur gefragt, was mit den Raumanzügen passiert ist, die hier aufbewahrt wurden.«

»Mein Onkel hat sie in Verwahrung genommen«, sagte Nog.

Jake verspürte Gewissensbisse. Wenn Quark die Raumanzüge »in Verwahrung genommen« hatte, würde die Föderation ihr Eigentum wohl nie wiedersehen. Ihm blieb aber keine Zeit, um mit Nog über seine Zweifel zu sprechen. Jake hörte das schwache Geräusch, mit dem die Luftschleuse sich öffnete und wieder schloß, und dann das Zischen der Hauptluke der *Einstein*, als jemand den Shuttle betrat. Kurz darauf vernahm er Dr. Bashirs Stimme: »OPS, hier ist der Shuttle *Einstein*. Ich bin startklar.«

Nach einer kurzen Verzögerung erwiderte jemand auf der OPS: »*Einstein*, Sie haben Startfreigabe. Genießen Sie Ihren Urlaub, Doktor.«

Jake blinzelte, als er Dr. Bashirs zuversichtliche Antwort hörte: »Ein Urlaub ist es nicht gerade. Aber trotzdem vielen Dank für die guten Wünsche. Ich starte.«

Der Shuttle erzitterte, als die Andockklammern ihren Griff lösten. Dann erwachten die Manöverdüsen zum Leben, und bei Jake stellte sich kurz das Gefühl einer Bewegung ein, als die Trägheitsabsorber der *Einstein* aktiviert wurden und das Gravitationsfeld von Deep Space Nine ersetzten. Schließlich dröhnten die Triebwerke laut auf, und der Shuttle war unterwegs.

»Wie lange dauert es bis nach Bajor?« flüsterte Nog.

»Ein paar Stunden«, erwiderte Jake. »Nicht lange.«

»Hast du etwas zu essen mitgebracht?« fragte der Ferengi.

Jake lächelte und griff in seine Reisetasche. »Ein paar Schokoriegel«, sagte er und bot Nog einen an.

CHEW

Der Ferengi verzog das Gesicht. »Igitt!« rief er. »Wie kannst du so etwas nur essen? Hast du kein Glop? Oder vielleicht ein paar Kristallprickler?«

»Tut mir leid«, sagte Jake. »Schokolade oder gar nichts.«

»Dann gib schon her«, sagte Nog mit einem übertriebenen Seufzen. »Vielleicht gewöhne ich mich ja daran.«

»Mach aber diesmal vorher das Papier ab«, schlug Jake vor. »Dann ist der Schokoriegel nicht ganz so zäh.«

»Das Papier war noch am besten«, murrte Nog, wenn auch leise.

Eine Weile aßen sie schweigend die Schokoriegel. Als sie dann plötzlich Bashirs Stimme hörten, erstarrten sie. Sie war laut und deutlich zu vernehmen und klang ziemlich scharf: »Gegenspionage-Kontrollzentrum, hier spricht Geheimagent Bashir, unterwegs nach Sakelo City. Ich werde diese üblen Lasterhöhlen ausfegen. Irgendwelche besonderen Anweisungen?«

Nog riß vor Schock und Überraschung die Augen auf. »Was meint er damit?« fragte er mit einem verblüfften Flüstern.

Jake konnte nur den Kopf schütteln. Er hatte keine Ahnung, mit wem Bashir sprach oder was seine seltsame Nachricht zu bedeuten hatte. Jake hob einen Finger vor die Lippen und lauschte.

»Ja, Kontrollzentrum, natürlich schaffe ich das«, sagte Bashir. »Für einen Superagenten wie mich ist das eine Kleinigkeit. Was? Bitte wiederholen Sie das – und keine Sorge, ich benutze den gesicherten Subraum-Kanal und habe den Verzerrer eingeschaltet.«

Obwohl Jake angestrengt lauschte, konnte er keine andere Stimme als die des Arztes vernehmen. Angesichts des verwirrten Ausdrucks auf Nogs Gesicht vermutete Jake, daß auch der junge Ferengi mit seinen großen und sehr empfindlichen Ohren nur den Doktor hören konnte. Dann lachte Bashir verächtlich. »Natürlich weiß ich, daß es gefährlich ist, Mann! Aber Gefahr bedeutet mir nichts. Ich bin in drei Tagen mit der Nachricht zurück, daß die Rebellenverschwörung zerschmettert wurde, oder mein Name ist nicht Julian Bashir, der Raumfalke!«

Jake fing an zu kichern. Verzweifelt hielt er sich die Hand vor den Mund, damit man außer leisem Schnaufen und Keuchen nichts hören konnte. Nog betrachtete ihn, als habe er plötzlich den Verstand verloren. »Was ist los?« fragte der Ferengi. »Mit wem spricht er?«

»M-Mit niemandem!« japste Jake. »Er... er spielt nur.«

»Er spielt? Aber er ist doch ein Erwachsener!« wandte Nog ein.

Jake zuckte mit den Achseln. »Trotzdem. Er tut so, als wäre er ein großer Spion, der als Raumfalke bekannt ist. Er hat den Subraum-Funk überhaupt nicht eingeschaltet. Er tut nur so, als würde er mit seinem Hauptquartier sprechen. Es ist ein Spiel, nur, daß er seine Phantasie dabei einsetzt und keine Holo-Kammer.«

»Menschen!« schnaubte Nog mit einem entrüsteten Blick. Er stopfte sich den letzten Bissen Schokoriegel in den Mund und kaute darauf herum, ohne sich auch nur über den Geschmack zu beschweren.

Während der Reise »sprach« Dr. Bashir mehrmals mit dem Gegenspionage-Kontrollzentrum, worum auch immer es sich dabei handeln mochte. Er erkundigte sich nach Hinweisen, die andere, weniger begnadete Spione in Erfahrung gebracht hatten, ließ sich über die politische Situation auf Bajor auf den neuesten Stand bringen und sprach mit seinen imaginären Kollegen vom Geheimdienst über die unterschiedlichen Fraktionen in der bajoranischen Regierung. Nog achtete nicht mehr darauf, setzte sich auf den Boden der kleinen Kammer und zog die Knie hoch. Sein großer Kopf sackte zur Seite, und er fiel in einen leichten Schlaf. Jake saß ihm gegenüber. Es war sehr eng in der Kammer. Ihre Fußspitzen berührten einander. Da der bevorstehende Flug nach Bajor ihn in solche Aufregung versetzt hatte, daß er in der Nacht zuvor kaum geschlafen hatte, wünschte Jake sich, auch er könne ein Nickerchen halten, doch er war noch immer viel zu überdreht, als daß daran auch nur zu denken gewesen wäre. Also lauschte er Dr. Bashirs imaginären Funksprüchen, grinste über ihre Unsinnigkeit und versuchte, nicht zu lachen.

Schließlich sprach Dr. Bashir mit jemandem, der tatsächlich antwortete. Er bat um Landeerlaubnis auf dem Raumhafen Sakelo City, und nach einem Augenblick erwiderte eine bajoranische Stimme: »Landeerlaubnis gewährt, Shuttle *Einstein*. Sie werden auf dem östlichen Landefeld sieben aufsetzen. Entspricht Ihr Shuttle der üblichen Bauweise der Föderation?«

»Ja, natürlich«, erwiderte Bashir.

»Sehr gut. Bitte übergeben Sie uns die Kontrolle

in dreißig Standardsekunden, gezählt von … jetzt an.«

Eine halbe Minute verstrich, und der bajoranische Fluglotse zählte die letzten fünfzehn Sekunden ab. Dann veränderte sich die Lautstärke des Dröhnens der Maschinen, und Jake nahm eine leichte Veränderung der Schwerkraft wahr. Die Trägheitsabsorber des Shuttles waren ausgeschaltet worden, und nun ersetzte die Schwerkraft des Planeten Bajor, die etwas geringer war als die der Erde, die künstliche Gravitation. Das Schiff setzte mit ein paar leichten Stößen auf, und dann sagte der Fluglotse: »Willkommen auf Bajor, Shuttle *Einstein*. Bitte warten Sie vor Ihrem Schiff auf Ihre Eskorte, die alle Vorkehrungen treffen wird, sollte Ihr Schiff routinemäßig gewartet werden müssen, und Sie offiziell willkommen heißen wird.«

»Muß ich durch den Zoll?« fragte Bashir.

»Zoll?« sagte der Fluglotse. Seine Stimme klang überrascht. »Nein, natürlich nicht. Wir haben einen Vertrag mit der Föderation. Sie können kommen und gehen, wie es Ihnen beliebt. Das Willkommensprotokoll ist nur eine Formalität, mit der wir dafür Sorge tragen wollen, daß Sie sich in der Stadt nicht verirren.«

»Ich verstehe.« Plötzlich klang die Stimme des Arztes wieder viel forscher. »Dr. Julian Bashir meldet sich in Sakelo City, Planet Bajor.«

»Äh … natürlich«, sagte der bajoranische Fluglotse.

Jake hörte, daß der Arzt an ihrem Versteck vorbeiging, und dann öffnete und schloß die Tür des Shuttles sich wieder. Als er nach ein paar Sekunden überzeugt war, daß Dr. Bashir die *Einstein* tatsächlich verlassen hatte, stieß er Nogs Fuß an. »Wach auf!« sagte er. »Wir sind da!«

»Was?« fragte Nog, fuhr zusammen und streckte sich dann. »Wir sind gelandet?«

»Vor etwa fünf Minuten«, sagte Jake.

»Hm. Ist mir gar nicht aufgefallen. Dr. Bashir ist ein besserer Pilot, als ich dachte«, sagte Nog. »Ist die Atmosphäre durchsichtig?«

»Wie bitte?« fragte Jake.

Nog schaute verwirrt drein. »Ich dachte, das sei ein alter Ausdruck von der Erde«, erklärte er. »Er bedeutet: Sieht jemand her?«

Jake schüttelte den Kopf. »Das hast du etwas falsch verstanden. Der Ausdruck lautet: ›Ist die Luft rein?‹ Und meine Antwort darauf ist: Ich habe keine Ahnung. Sehen wir mal nach.« Die beiden Jungs erhoben sich leise. Nog öffnete die Luke, und sie traten in den leeren Shuttle. Sie blieben vor der Shuttletür stehen, und Jake spähte durch die Bullaugen. »Niemand sieht her«, sagte er. »Gehen wir!«

Nog öffnete die Shuttletür, und sie traten auf eine hochgefahrene runde Plattform hinaus. Es handelte sich dabei um eine von insgesamt neun Stück, von denen allerdings nur wenige besetzt waren. Auf drei weiteren befanden sich kleine Raumschiffe: eine private Raumjacht (die allerdings schon etwas alt und mitgenommen aussah), ein kugelförmiger mendelbelanischer Transporter und ein glänzender Asteroidenhüpfer. Niemand hielt sich in der Nähe der Schiffe auf.

In diesem Teil Bajors war es früher Morgen, der Himmel zeigte sich wolkenlos, und die Sonne schien. Nachdem sie sich kurz umgesehen hatten, fand Nog eine Treppe, die an der Seite der runden Landefläche hinabführte, und dann eilten sie durch einen langen, dunklen Korridor. Am anderen Ende leuchtete Licht. Sie traten auf einen sonnenerhellten Platz hinaus, auf dessen Bürgersteigen aus bleichen, orangenfarbenen Ziegelsteinen es vor Wesen von den verschiedensten Planeten wimmelte, die anscheinend alle sprachen, lachten oder aus vollem Halse fluchten. Bescheidene Ladenlokale, in deren kleinen Schaufenstern aller mögliche Ramsch zum Verkauf angeboten wurde, säumten die Bürgersteige. Die meisten Händler priesen ihre Waren jedoch unter freiem Himmel an; sie hatten sie auf Karren ausgebreitet oder zogen sie einfach aus den großen Taschen ihrer Umhänge. Ein Jongleur in greller roter, grüner und gelber Seide tanzte durch die Menge, während er drei Fackeln durch die Luft wirbelte, die blaue Rauchfäden hinter sich herzogen. Eine hübsche, dunkelhaarige Bajoranerin lachte und klatschte in die Hände, daß ihre Armbänder aus Messing laut klimperten. Eine Prozession bajoranischer Priester, deren Köpfe von Kapuzen bedeckt waren, kam vorbei; sie bedachten die Passanten mit gemurmelten Segnungen. Ein fetter Händler grüßte die Priester respektvoll mit einer Hand, während er in der anderen eine prall gefüllte Geldbörse hielt. Jake und Nog schritten etwas langsamer aus, denn in der Ferne sahen sie Dr. Bashir, der gemächlich durch das Durcheinander schlenderte und den Anblick offensichtlich genoß.

Fremde Bilder, Gerüche und Töne drangen auf sie ein. »Mann«, sagte Jake, »das wird ja toll werden.«

»Allerdings«, pflichtete Nog ihm bei. Er blieb stehen und bewegte den Kopf ruckartig von links nach rechts. Auf der einen Seite stand das hübsche Mädchen, auf der anderen der Händler mit der prall gefüllten Geldbörse. Nog wurde offensichtlich von beidem angezogen. »So wenig Zeit« – er seufzte – »und so viele Gelegenheiten.« Er schlug Jake auf den Rücken. »Bleib hinter mir«, sagte er, »und ich mache dich zum glücklichsten Menschen auf Bajor – vom Raumfalken natürlich abgesehen!« Die Passanten wichen zurück und starrten die beiden Jungen an, wie sie lachend und heulend wie rigellianische Hodovögel weitergingen.

3

Der Raumfalke war anscheinend hungrig. Er war durch einige gewundene, dunkle Gassen gegangen und hatte Händler und Trödler abgewehrt, bis er auf einen weiteren Platz gelangte, auf dem zahlreiche Tische und Stühle aufgebaut waren. Sie gehörten zu einem kuppelförmig überdachten bajoranischen Restaurant. Eine hübsche bajoranische Serviererin kam lächelnd zu ihm und fragte ihn, ob er etwas essen wolle. Dr. Bashir erwiderte ihr Lächeln und bejahte. »Wenn Sie mir einen unauffälligen Tisch geben können, einen, an dem man mich nicht sofort bemerkt.«

Die Bedienung schaute angesichts dieser Bemerkung etwas verwirrt drein, nickte jedoch und führte Dr. Bashir zu einem kleinen ovalen Tisch mit zwei Stühlen. Dann sagte sie die Speisenkarte auf. Der Arzt bestellte Sevala, eine Art einheimischer Pasta, einen Mesto-Salat aus einheimischen Gemüsen, und dazu ein Mineralwasser. Die Kellnerin nickte und eilte davon, und der Doktor lehnte sich zurück und betrachtete aus zusammengekniffenen Augen die anderen Gäste des Restaurants.

»Er hält nach Feinden der Föderation Ausschau«, flüsterte Nog.

Jake mußte sich den Mund zuhalten, um nicht laut loszulachen. Die beiden Jungs hatten den Arzt in der Menge ausfindig gemacht und waren ihm ohne die geringsten Schwierigkeiten hierher gefolgt. Nun saßen sie an einem Tisch auf der anderen Seite des Platzes und wurden von einer buschigen, scharfblättrigen Pflanze vor den Blicken Bashirs abgeschirmt. Nog war in bester Laune, denn er hatte bereits einige Ringe gekauft, die aus der Schale einer einheimischen Molluske geschnitzt waren, und sie dann gegen einige kunstfertig hergestellte Armbänder aus Kupfer eingetauscht, die auf einem Planeten, der der meisten seiner Metalle beraubt worden war, ziemlich wertvoll sein mußten. Er war überzeugt, daß er die Armbänder gegen etwas noch kostbareres eintau-

schen konnte. Bislang hatte er so gut wie nichts ausgegeben und konnte bereits mit einem beträchtlichen Gewinn rechnen. Sein Vater und sein Onkel würden mindestens einen Monat lang stolz auf ihn sein und ihm einige Begünstigungen einräumen.

Jake hingegen wurde allmählich ein wenig ungeduldig. Ihm mangelte es an der typischen Begeisterungsfähigkeit eines Ferengi für das Feilschen und Schachern, und er wollte mehr von Sakelo City sehen. Doch Nog hatte vorgeschlagen, erst einmal herauszufinden, wo der Arzt wohnen würde, und Jake hatte eingesehen, daß dies eine gute Idee war. Also hatten sie an diesem Tisch Platz genommen und Getränke bestellt – Rotfruchtsaft für Jake und ein widerliches Gebräu, das als bajoranische Limonade verkauft wurde, für Nog. Während sie daran nippten, beobachteten sie Dr. Bashir, und der bemerkte nicht mal, daß sie in der Nähe waren.

»Was macht er jetzt?« fragte Nog, als der Arzt seine Mahlzeit beendet hatte.

Jake beugte sich etwas vor, um zwischen den Wedeln der Pflanzen hindurchlugen zu können. »Er scheint mit seinem Ärmel zu sprechen«, sagte er. Dann lachte er. »Er tut so, als hätte er ein geheimes Subraum-Funkgerät in den Aufschlag eingenäht. Wahrscheinlich erstattet er gerade dem Gegenspionage-Kontrollzentrum Meldung über seine Mahlzeit.«

»Augenblick mal«, sagte Nog. »Wer ist denn das?«

Jake runzelte die Stirn. Ein schlecht gekleideter Bajoraner hatte sich an Dr. Bashir herangemacht und sich tief vor ihm verbeugt. Der Arzt wirkte nervös und aufgeschreckt, doch nach einem Augenblick nickte er und zeigte auf den anderen Stuhl. Der tief gebräunte Bajoraner sah sich besorgt um, nahm dann Platz und beugte sich über den Tisch vor. Kurze Zeit später unterhielten die beiden sich eifrig miteinander, doch sie sprachen zu leise, als daß Jake etwas verstehen konnte.

Nog hingegen hatte damit nicht die geringsten Probleme. Seine großen Ohren waren hochempfindlich, und er gab immer wieder Kommentare über die Unterhaltung ab. »Der Typ sagt, er heißt Tikar Antol«, berichtete Nog. »Jetzt fragt er Dr. Bashir, ob er Starfleet-Offizier sei. Dr. Bashir sagt, er würde ein paar Offiziere kennen. Tikar sagt, er habe ein paar Informationen, die für die Föderation sehr wertvoll sein könnten. Jetzt will Dr. Bashir wissen, was das für Informationen sind. Tikar will es ihm nicht sagen. Er hält es für besser, es dem Doktor direkt zu zeigen. Er fragt, wie der Arzt heißt. Dr. Bashir sagt, sein Name sei Cosmo Peregrine. Was in aller Welt bedeutet das denn?«

»Cosmo stammt von einem alten Erdwort ab, das ›Weltraum‹ bedeutet«, sagte Jake kichernd, »und Peregrine ist eine Falkenart, ein Wanderfalke. Er spinnt schon wieder rum.«

»Psst«, machte Nog. »Jetzt sagt Mr. Tikar, daß sein Landtrans ganz in der Nähe steht und sie sich dieses große Geheimnis ansehen können. Dr. Bashir ruft die Kellnerin, um zu bezahlen. Er wird wohl mit dem Bajoraner gehen. Ja, sie gehen wirklich! Schnell, kannst du das hier übernehmen?«

Laut seufzend legte Jake eine bajoranische Kreditmünze auf den Tisch. Es war die kleinste, die er hatte, doch er hätte damit mindestens zehn solcher Getränke bezahlen können, wie sie sie bestellt hatten. Aber Nog folgte bereits Dr. Bashir, und Jake mußte sich beeilen, um ihn einzuholen.

Bashir ging neben Tikar Antol durch Säulengänge, schmale Gassen und über offene Plätze. Schließlich erreichten sie eine breite Straße, die von einem riesigen, aber in Trümmern liegenden Gebäude beherrscht wurde. Jake atmete tief ein. Diese Ruine war nicht im typischen bajoranischen Baustil gehalten, und zwar aus gutem Grund. Die Cardassianer hatten sie erbaut. Es mußte sich bei ihr einmal um eine mächtige, dunkle Festung gehandelt haben, doch nun war sie nur noch ein hohles Gerippe. Zweifellos hatten die Bajoraner das Gebäude zerstört, nachdem die verhaßten Cardassianer den Planeten verlassen hatte. Was auch immer es gewesen sein mochte, Verwaltungszentrum, Lagerhaus oder Gefängnis, jetzt war es nur noch Schutt.

Aber auf der anderen Straßenseite befanden sich einige schlichte, kuppelförmige bajoranische Geschäfte. Vor ihnen waren einige seltsame Fahrzeuge abgestellt, von sonnenbetriebenen dreirädrigen Elektrowagen bis hin zu wackligen Karren mit Holzrädern, die von muskulösen, gehörnten Tieren mit faltiger grüner Haut gezogen wurden. Tikar und Bashir traten in einen Landtrans, einen rechteckigen offenen Wagen mit Raupenketten statt Rädern. Er war sandfarben, alt, sehr mitgenommen und überall mit Rost bedeckt. Einen

Augenblick lang saß Bashir mit unsicherem Gesichtsausdruck darin, als würde er dem schrottreifen Fahrzeug nicht ganz über den Weg trauen. Doch zu Jakes Überraschung sprang der uralte Alkohol-Verbrennungsmotor sofort hustend an, und der Landtrans setzte sich auf der staubigen Straße in Bewegung. Dr. Bashir hielt sich an der Seite fest, während der Wagen holpernd und hüpfend weiterfuhr und hinter sich eine gelbe Staubwolke aufwirbelte.

»Wir haben ihn verloren!« sagte Nog. »Und was machen wir jetzt? Irgendwelche Vorschläge?«

Jake dachte nach. Bajoraner waren sehr religiös; zumindest waren sie es gewesen, bevor die Cardassianer ihren Planeten erobert und sie versklavt hatten. Trotzdem hatten viele der alten religiösen Bräuche überlebt. »Ich weiß, wo wir seine Spur wieder aufnehmen können. Ich wette, er wird im Turm der Gastfreundschaft wohnen.«

»Im was?« fragte Nog, der sich nie eingehend mit der bajoranischen Volkskunde beschäftigt hatte.

»Das ist eine Art Hotel«, erklärte Jake. »Die Mönche des Ordens von Hispin unterhalten solche Herbergen in den meisten bajoranischen Städten. Reisende können dort kostenlos übernachten.«

»Kostenlos?« fragte Nog und schüttelte den großen, kahlen Kopf. »Die Bajoraner sind genauso verrückt wie die Menschen«, stöhnte er. Dann hellte sein Gesichtsausdruck sich auf. »Aber wenn man dort kostenlos ein Zimmer bekommt, können wir ja ebenfalls dorthin gehen. Dann können wir unser Geld für wichtigere Transaktionen sparen.«

Sie erkundigten sich nach der Richtung. In der Tat gab es auch in Sakelo City einen Turm der Gastfreundschaft, und sie fanden ihn problemlos. Vor dem Gebäude befand sich ein kleiner Garten, in dem ein halbes Dutzend bajoranischer Mönche arbeitete, die mit schlichten braunen Roben bekleidet waren, die Pflanzen bewässerten und Unkraut jäteten. Einer von ihnen führte die beiden Jungs zum Hüter der Schlüssel, einem silberhaarigen bajoranischen Mönch mit einem gutmütigen Funkeln in den grauen Augen. »Ihr beide seid also Wanderer«, sagte der Mann.

»Jawohl, Sir«, antwortete Jake.

»Ich nehme nicht an, daß ihr wegen der Erhöhung des Vedek hier seid«, sagte der Mann.

Jake blinzelte. »Äh … wegen der was?«

»Einer der wichtigsten Führer unserer Religion wird Vedek genannt«, erklärte der Mönch lächelnd. »Der neue Vedek wird übermorgen in sein Amt eingeführt. Wir werden zu Ehren von Carik Madals hoher Berufung ein Fest geben.«

»Ist Carik Madal der neue … Vedek?« fragte Jake.

»Ja. Solange ich lebe, wurde mit ihm zum erstenmal ein Mann und keine Frau in dieses hohe Amt gewählt. Viele halten das für ein schlechtes Omen, aber Carik ist ein sanfter Mann, der nichtsdestotrotz einen starken Willen hat. Er wird eine gute Stimme sein, die in der Versammlung der Vedeks für uns spricht. Aber euch Jungs interessieren unsere örtlichen Angelegenheiten sicher nicht. Wie lange werdet ihr bleiben?«

»Wir werden drei Tage hier sein«, erwiderte Jake. »Haben Sie ein Zimmer für uns?«

»Ihr habt Glück, denn zufällig haben wir eins, obwohl wegen des Festes sehr viele Leute in die Stadt kommen werden«, sagte der Hüter. Er musterte sie. »Du bist ein Mensch, nicht wahr?« fragte er Jake.

»Ja, Sir, das bin ich«, antwortete Jake. »Mein Freund ist ein Ferengi.«

Der Hüter nickte leicht. »Mögest du gute Geschäfte finden«, sagte er zu Nog.

Ein überraschter Nog murmelte seinen Dank.

»Ich glaube, später wird noch ein Mensch hierher kommen«, sagte Jake. »Dr. Julian Bashir, von der Raumstation Deep Space Nine.«

»Ah, ja«, sagte der Hüter. »Er hat gestern von der Station aus angerufen, um sich zu vergewissern, daß für ihn ein Zimmer zur Verfügung steht. Seid ihr Freunde von ihm?«

»Ja«, sagte Jake. »Wir würden ihn gern überraschen. Könnten Sie uns vielleicht sagen, welches Zimmer er hat, und würden Sie ihm nicht verraten, daß wir hier sind?«

»Falls er fragt, muß ich ihm die Wahrheit sagen.«

»Ja, sicher«, sagte Jake. »Falls er fragt. Aber falls er nicht fragt …«

»Dann könnt ihr ihn überraschen.«

Jake entspannte sich. Dr. Bashir hatte keine Ahnung, daß er und Nog als blinde Passagiere an Bord der *Einstein* mitgeflogen waren. Es war sehr unwahrscheinlich, daß er die Mönche zufällig fragen würde, ob im Turm der Gastfreundschaft noch andere Menschen wohnten.

Sie erfuhren, daß Dr. Bashir im Meditationsflügel untergebracht werden sollte, im Feuerblumen-Raum. Ihr Zimmer befand sich im selben Flügel, aber zwei Stockwerke höher, und hieß Spiralmuschel-Raum. Sie nahmen den altmodischen Schlüssel entgegen und fanden nach einigem Suchen das Zimmer, das sich als hell und luftig erwies und über zwei Fenster verfügte, aus denen man auf den Marktplatz und den Garten der Mönche hinabschauen konnte. Zwei einfache Betten, ein Tisch und zwei Stühle bildeten die gesamte Einrichtung. Der Raum verfügte des weiteren über einen kleinen begehbaren Schrank und ein angrenzendes Badezimmer.

Nog warf seinen Rucksack auf ein Bett. »Ich ziehe sofort wieder los«, erklärte er. »Profite warten darauf, gemacht zu werden, und dieses große Fest könnte sie verdoppeln. Kommst du mit?«

Jake legte seine Reisetasche auf das andere Bett. »Na klar«, sagte er. »Wir nehmen die Spur des Raumfalken heute abend oder morgen früh hier wieder auf.«

Sakelo City erwies sich als Straßengewirr mit völlig unterschiedlichen Vierteln: Einige waren schmutzig und arm, mit baufälligen Häusern und heruntergekommen aussehenden Bewohnern; andere hingegen waren reich und prachtvoll. Als der Nachmittag langsam dem Sonnenuntergang und der Dämmerung entgegenging, wurde das Gedränge der Leute in den zahlreichen geöffneten Basaren immer dichter. Nog und Jake sahen einen einheimischen Aspthbeschwörer – Aspths waren Reptilien, die wie rot und schwarz gestreifte Schlangen aussahen, aber Hunderte von kleinen

Beinen hatten. Ihre Köpfe waren lang und dreieckig, und sie hatten pechschwarze Fangzähne, die im Licht blitzten. Offensichtlich waren sie giftig, denn wenn einer von ihnen eine plötzliche Bewegung machte, wich die Menge mit erschrockenen Rufen zurück. Der Beschwörer lenkte die Tiere jedoch mit wellenähnlichen Bewegungen seiner Hände und leisen, musikalischen Gesängen ab. Er trug lediglich lange, scharlachrote Hosen. Seine Brust und Arme waren tief gebräunt, aber unbedeckt und glänzten vor Schweiß. Seine tödlichen Geschöpfe hoben das vordere Drittel ihrer Körper, wiegten sich hin und her und betrachteten ihren Herren mit kalten roten Augen; manchmal machten sie einen Ausfall, doch er zog die Hand stets im letzten Moment zurück und wurde nie gebissen.

Auf dem nächsten Platz traten Zauberkünstler in bauschigen grünen Umhängen auf, die bärengroße »Kaninchen« verschwinden ließen, Schlangenmenschen, die ihre Arme und Beine verknoten konnten, und Akrobaten, die mit erstaunlichem Anmut sprangen und Purzelbäume schlugen. Feuerjongleure zogen mit bunten, brennenden Bällen Lichtbogen, die in allen Farben des Spektrums leuchteten, wobei sie ihr Arbeitsgerät nie lange genug in den Händen hielten, um sich zu verbrennen. Zahnlose alte Männer und Frauen in den schwarzen und weißen Mänteln der Wahrsager näherten sich schnatternd den Jungs und boten ihnen an, ihnen die Zukunft vorherzusagen, und es gab auch wunderschöne Tänzerinnen, die Bänder mit winzigen Glocken aus Silber und Korallen an den Hand- und Fußgelenken trugen, so daß sie zu den Klängen einer mitreißenden, wilden Musik tanzten, die sie selbst schufen.

Und natürlich gab es Geschäftsleute, die alle möglichen Dinge verkauften: Tücher aus Leuchtseide, einheimische Edelsteine, geschliffene Steine mit seltsamen Fossilien darin, zierlichen und kunstfertigen Schmuck aus Bronze, Kupfer und auch außerordentlich seltenen Metallen wie Silber und Gold. Nog tätigte ein Dutzend Käufe und schaute nach jedem zufriedener drein. Schließlich ging die Sonne unter. Überall auf den Straßen wurden Fackeln angezündet, und viele Händler schlossen ihre Buden; für sie war die Geschäftszeit beendet. Jake und Nog aßen in einem anderen bajoranischen Restaurant und kehrten dann zum Turm der Gastfreundschaft zurück. Der Hüter teilte ihnen mit, daß ihr Freund noch nicht eingetroffen war, und sie gingen auf ihr Zimmer.

Nog breitete seine Käufe auf dem Tisch aus und betrachtete sie mit diebischer Freude, doch Jake stand am Fenster und schaute auf den dunklen Platz hinab. »Ich mache mir Sorgen«, sagte er. »Was ist wohl mit Dr. Bashir passiert?«

»Ach, dem geht es gut«, sagte Nog zuversichtlich. »Dieser Betrüger Tikar erzählt ihm ein paar ungeheuerliche Lügen, und er genießt jeden Augenblick davon. Irgendwann spät in der Nacht wird Tikar dem lieben Onkel Doktor erzählen, daß er ihm nur für fünfzig Krediteinheiten das Kodewort verraten wird, das die bajoranischen Rebellen benutzen. Dr. Bashir wird so gerissen feilschen, wie die Menschen es stets tun, und schließlich fünfzig Krediteinheiten bezahlen. Tikar nennt ihm ein völlig unsinniges Wort, und dann wird der Raumfalke in sein Nest fliegen und sich in die Falle hauen, überzeugt, die Galaxis gerettet zu haben.«

»Aber er ist doch schon stundenlang weg«, sagte Jake.

»Genauso läuft das«, erwiderte Nog. »Jake, Betrüger arbeiten immer so. Je länger man das Opfer beschwatzen kann, desto größer wird die Beute sein.«

Jake ging zum Tisch und nahm Nog gegenüber Platz. »Es gibt bestimmt eine Erwerbsregel, die für so was zuständig ist«, sagte er. Alle Ferengi prägten sich die Erwerbsregeln schon im Kindesalter ein. Sie waren für ein Volk von Händlern eine Art heilige Schrift.

»Natürlich«, bestätigte Nog. »›Je mehr Zeit sie sich für ihre Entscheidung lassen, um so mehr Geld werden sie ausgeben.‹ Das ist ein elementares Prinzip.«

»Ich wünschte, er würde zurückkommen«, sagte Jake.

Kurz darauf machten die beiden Jungen sich für das Bett fertig. Nog schlief sofort ein und schnarchte kurz darauf zufrieden, doch Jake fand einfach keinen Schlaf. Er mußte immer wieder daran denken, wie schäbig und wenig vertrauenswürdig der Bajoraner ausgesehen hatte, der sich in dem Restaurant an Dr. Bashir herangemacht hatte. Jake lag in der ruhigen Dunkelheit und machte sich Sorgen. Er hoffte, daß Nog recht behielt und der Arzt einfach nur seiner harmlosen Spinnerei nachging. Er hoffte, daß Tikar Antol nur ein harmloser Betrüger war – oder er dem Doktor zumindest nur finanziellen Schaden zufügen wollte. Er hoffte, daß Dr. Bashir gesund und in Sicherheit war, wo auch immer er sich befinden mochte.

Aber irgendwie wußte er tief in seinem Herzen, daß dem nicht so war.

Irgend etwas sagte ihm, daß Dr. Bashir in Schwierigkeiten steckte. Daß er in Gefahr war. Daß er mehr als nur Geld verlieren konnte.

Daß Dr. Bashir vielleicht sogar das Leben verlieren konnte.

4

Jake wachte schwer atmend und erschrocken auf. Er fuhr im Bett hoch, und sein Herz hämmerte beunruhigt, doch er sah nichts, was einen Anlaß zur Besorgnis gegeben hätte. Das Licht des Morgens fiel durch die beiden Fenster. Im anderen Bett drehte Nog sich auf die Seite, um sich von der Helligkeit abzuwenden, und schlief friedlich weiter.

Doch irgend etwas hatte Jake geweckt, irgend etwas, das ihm falsch vorgekommen war. Jake legte sich wieder auf das Kissen zurück, runzelte die Stirn und versuchte herauszufinden, was passiert war – oder nicht passiert. Schließlich wurde ihm klar, was ihn aus dem Schlaf gerissen hatte, und er lächelte. Er vermißte das ständige leise Grollen, das man an Bord von Deep Space Nine stets hörte, das Geräusch all der Systeme der Station, die das Überleben der über dreihundert Personen an Bord sicherstellten. Zu dieser frühen Morgenstunde waren auf Bajor die einzigen Geräusche die sanfte Brise, das gelegentliche Zwitschern eines einheimischen Vogels oder das Summen eines Insekts.

Jake drehte sich auf die Seite und versuchte weiterzuschlafen, doch der Reiz des Abenteuers war zu stark. »He, Nog!« sagte er schließlich. »Zeit zum Aufstehen, meinst du nicht auch?«

»Mmpf?« murrte Nog.

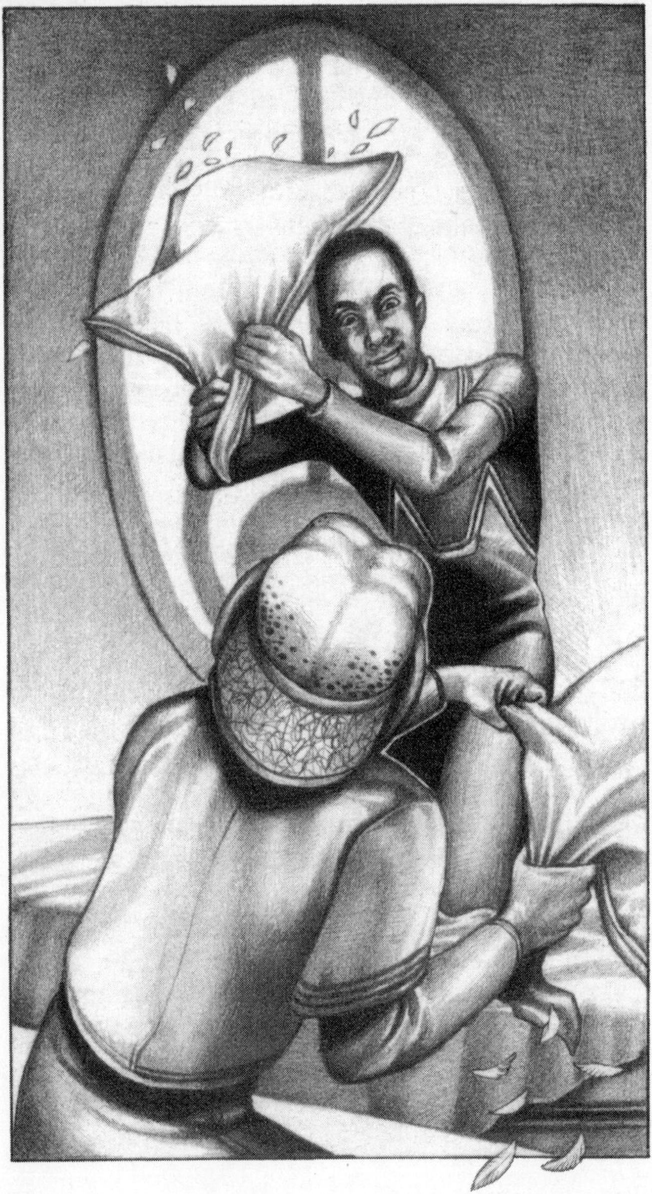

Jake grinste. Nog brüstete sich ständig damit, daß Ferengi weniger Schlaf als Erdenmenschen brauchten, doch anscheinend waren sie am Morgen genauso schwer aus dem Bett zu bekommen, wie es angeblich bei Jake der Fall war, wenn man Commander Siskos Beteuerungen Glauben schenken mochte. Jake packte sein Kissen und schlug es auf Nogs Kopf. »Steh auf!« rief er lachend.

Nog rollte sich aus dem Bett, ergriff sein Kissen und warf es nach Jake. Der hob das zu Boden gefallene Kopfkissen auf, sprang auf das Bett und schlug damit auf Nog ein. Kurz darauf war eine regelrechte Kissenschlacht im Gang – eigentlich schon eher ein Kissenkrieg. Nog lachte und bellte, während er getroffen wurde und seinerseits zuschlug, und Jake lachte ebenfalls laut. Doch als Jake gerade zu einem kräftigen Rundschlag gegen Nogs Kopf ausholte, wurde plötzlich die Tür geöffnet.

»Was ist hier los?« fragte eine ruhige, aber feste Stimme.

Jake ließ sein Kissen fallen. Er kam sich schuldig vor. Ein bajoranischer Mönch stand auf der Schwelle; er hatte eine strenge Miene aufgesetzt. »Ich muß euch bitten, Rücksicht darauf zu nehmen, daß andere Gäste noch schlafen«, sagte er.

»Tut mir leid«, murmelte Jake.

Nog verbeugte sich tief. »Das ist ein Ritual, das wir nach dem Aufwachen vollziehen«, sagte er besänftigend. »So begrüßen wir einen neuen Tag.«

Der junge Mönch betrachtete ihn unsicher. »Ein Ritual?« Er kratzte sich am Kopf. »Na ja ... in diesem Fall will ich ... aber es ist so laut!«

Nog tat den Einwand des Mönchs mit einer

Handbewegung ab. »Wir werden das Ritual in Zukunft leiser vollziehen«, sagte er.

»Ja«, fügte Jake hinzu. Und ihm fiel noch etwas ein. »Und wir entschuldigen uns, die Ruhe des Turms der Gastfreundschaft gestört zu haben.«

»Eine Entschuldigung ist überflüssig«, sagte der Mönch. »Und vielen Dank für euer Einverständnis, das Ritual leiser durchzuführen.«

»Schon in Ordnung«, sagte Nog erhaben.

Nachdem der Mönch die Tür hinter sich geschlossen hatte, brachen beide Jungs in leises Gekicher aus. »Das war schnell gedacht, Nog«, sagte Jake und widerstand mit Mühe dem Drang, laut loszulachen.

Nog winkte ab. »Mönche kann man immer leicht hereinlegen, wenn man ihnen sagt, man führe gerade ein Ritual durch, ganz gleich, was man in Wirklichkeit tut«, erklärte er. »Sie haben selbst so viele Riten und Rituale, daß sie bereitwillig glauben, jeder hätte sie. Tja, jetzt bin ich wach. Sollen wir aufbrechen, frühstücken und dann feststellen, welchen Profit der Tag bringen wird?«

»Ja«, stimmte Jake zu. »Ich habe Hunger.«

Sie duschten nacheinander. Es war eine unheimliche Erfahrung für Jake, der nur selten in echtem Wasser gebadet hatte. Bei den Duschen auf Deep Space Nine handelte es sich, genau wie bei denen auf den Starfleet-Schiffen, auf denen er bislang gewesen war, um Schallduschen, die einen säuberten, ohne einen naßzumachen. Aber wenn das Erlebnis auch unheimlich war, es war ebenfalls neu, und Jake war in der Stimmung für neue Erfahrungen.

Auf dem Weg zum Ausgang fragten sie einen

anderen Mönch, ob Dr. Bashir eingetroffen sei. »Nein«, erwiderte der Mann. »Ich weiß ganz genau, daß er noch nicht hier ist. Sehr seltsam – wir haben ihn gestern erwartet, und heute werden wir sein Zimmer vergeben müssen. Ihr wißt ja, in der Stadt findet ein Fest statt.«

Jake und Nog wechselten einen unbehaglichen Blick, doch keiner von ihnen wollte vor dem Bajoraner etwas sagen. Jake machte sich jetzt wirklich Sorgen. Sie aßen an der Bude eines Händlers und mampften geröstete Brotscheiben mit einem Aufstrich aus einer süßen, weichen Frucht. Dann kehrten sie zu dem großen Platz am Landefeld zurück. Als Jake darüber sprechen wollte, wie besorgt er war, tat Nog die Sache mit einem Achselzucken ab. »Ihm wird schon niemand etwas tun«, sagte der junge Ferengi zuversichtlich. »Er ist Starfleet-Offizier und Repräsentant der Föderation. Jeder weiß, daß die Bajoraner versessen darauf sind, sich der Föderation anzuschließen.«

»Nicht alle von ihnen«, widersprach Jake. Er hatte oft gehört, wie sein Vater mit seinem bajoranischen Verbindungsoffizier, der hübschen, aber aufbrausenden Major Kira, über die politischen Probleme auf Bajor sprach. Die Cardassianer waren grausame Herren gewesen und hatten den Planeten fast seines gesamten Reichtums an Rohstoffen beraubt, doch ein Gutes hatte ihre Anwesenheit auf Bajor gehabt. Sie hatte alle Bajoraner vereint, wenn auch nur im Widerstand gegen die Cardassianer. Nun, da die verhaßten Besatzer den Planeten verlassen hatten, waren die alten Rivalitäten und Streitigkeiten wieder ausgebrochen.

Der bajoranische Rat, der einer echten planetarischen Regierung am nächsten kam, strebte tatsächlich die Mitgliedschaft in der Föderation an. Bei vielen anderen bajoranischen Gruppen war dies keineswegs der Fall. Manchmal, hatte Jakes Vater einmal gesagt, hatte es den Anschein, daß es genauso viele bajoranische Parteien und Fraktionen gab, wie es Bajoraner gab.

Den gesamten Morgen über wuchs Jakes Unbehagen. Während Nog feilschte und Einkäufe tätigte, ging Jake zum Landefeld hinüber. Die *Einstein* lag neben den anderen kleinen Schiffen auf ihrem Liegeplatz. Ein bajoranischer Arbeiter erzählte Jake, er habe Dr. Bashir noch nicht gesehen, was sehr seltsam sei, da der Arzt gesagt habe, er werde zurückkommen und sein Gepäck holen. Das hatte er aber nicht getan.

Nun machte Jake sich erst recht Sorgen und hielt sofort nach Nog Ausschau. Er fand den Ferengi in einer heißen Verhandlung mit einem bajoranischen Marktbudenbesitzer über den Preis einiger fast wertloser Schmuckstücke aus Kupfer. Nachdem Nog ein paar davon gekauft hatte, zerrte Jake ihn in eine Ecke des Platzes, in der das Gedränge nicht ganz so dicht war. »Ich glaube, Dr. Bashir steckt in Schwierigkeiten«, sagte Jake.

»Der Raumfalke?« sagte Nog mit einem gemeinen Grinsen. »Niemals!«

»Hör schon auf«, sagte Jake. »Das ist kein Scherz. Er war nicht im Turm der Gastfreundschaft, und er hat nicht mal sein Gepäck aus dem Shuttle geholt. Das sieht ihm gar nicht ähnlich.«

»Er macht sich irgendwo ein paar schöne Tage«, beharrte Nog. »Und ich habe einen Blick auf ein paar Landperlen geworfen, die ich in einem Laden an dieser Straße entdeckt habe ...«

Jake ergriff seinen Arm. »Nog! Du kannst doch nicht einfach so tun, als wäre nichts geschehen! Nach allem, was wir wissen, ist dieser Mann, mit dem Dr. Bashir gestern losgezogen ist, ein Krimineller. Wir wissen nichts über diesen Tikar Antol ...«

»Tikar Antol?« warf eine Mädchenstimme ein, die sehr überrascht und aufgeregt klang. »Hast du etwas über Tikar gesagt?«

Jake drehte sich verblüfft um. Hinter ihm stand das dunkelhaarige Mädchen, das gestern Nogs Aufmerksamkeit erregt hatte, das mit den Kupferarmbändern. Es trug einen Korb mit Tüchern aus Leuchtseide und starrte die beiden Jungs an. »Warum?« fragte Jake. »Kennst du ihn? Weißt du, wo wir ihn finden können?«

Das Mädchen trat einen Schritt von ihnen zurück. »Wer seid ihr? Was habt ihr mit Tikar Antol zu schaffen?«

Nog legte eine Hand auf Jakes Brust und stieß ihn zurück. »Verzeihung«, sagte er großspurig. »Darf ich uns vorstellen? Ich bin Nog der Prächtige, und das ist mein Freund Jake der Große. Wir sind offizielle Repräsentanten der Vereinten Föderation der Planeten, und wir ...«

»Ach, hör schon auf, Nog«, fauchte Jake und wandte sich an das Mädchen. »Das stimmt gar nicht. Ich meine, wir kommen von Deep Space Nine, aber wir sind gar keine offiziellen Repräsentanten. Ich bin schlicht und einfach Jake, und das ist Nog.«

Das Mädchen musterte sie noch immer argwöhnisch, sagte dann jedoch: »Mein Name ist Sesana. Ich bin Atira Sesana. Mein Vater ist Atira Meklat, ein Leuchtseidenhändler hier im Basar.«

Jake erinnerte sich, daß bei den Bajoranern die Familiennamen zuerst und die Vornamen an zweiter Stelle kamen. Er versuchte, ihr Alter zu schätzen. Sie mochte ein Jahr jünger sein als er, also etwa dreizehn Erdenjahre, aber bei Bajoranern ließ sich das nur schwer schätzen. Vielleicht war sie auch noch etwas jünger.

»Ich kann es dir erklären, Sesana«, sagte Jake. »Wir haben über Tikar Antol gesprochen, weil ein Freund von uns, der ebenfalls von Deep Space Nine kommt, gestern in einem Landtrans mit ihm losgefahren ist und wir seitdem keinen der beiden mehr gesehen haben.«

»Der Schandfleck«, sagte Sesana und riß die hellgrünen Augen vor Besorgnis weit auf. »Das Lager der Abgefallenen liegt irgendwo im Schandfleck. Dorthin muß Tikar euren Freund gebracht haben.«

»Was ist der Schandfleck?« fragte Nog.

»Kommt mit mir. Ich muß diese Tücher zu einer Marktbude bringen«, sagte Sesana. Die beiden Jungs nahmen sie in die Mitte. Jake bot ihr an, den Korb zu tragen, doch sie lehnte dankend ab und sagte, das sei nicht nötig. »Er ist nicht schwer, und die Händler könnten glauben, ihr wolltet den Korb stehlen, wenn sie sehen, daß du ihn nimmst. Hier kennt jeder meinen Vater und mich.«

»Was ist der Schandfleck?« fragte Nog erneut.

»Eine schreckliche Wüste«, sagte Sesana. »Vor

Jahren haben die Cardassianer dort ein großes, offenes Loch in den Boden gegraben, um Erze herauszuholen.«

»Ein Tagebau«, sagte Jake. Er hatte in Geschichts- und Ökologiebüchern darüber gelesen. Auch auf der Erde waren große Teile der Umwelt durch solche Minen zerstört worden. Zum Glück war der Bergbau auf der Erde nach und nach immer umweltfreundlicher geworden, und man hatte die ausgebeuteten Landstriche schließlich stets neu bepflanzt. Die Cardassianer hatten sich diese Mühe nie gemacht.

»Es ist ein toter Ort«, erklärte Sesana ihnen. »Er erstreckt sich über eine große Fläche, eine Wüste aus Schluchten und Teichen mit giftigem Wasser. Früher gab es dort üppiges Ackerland, aber jetzt ist es tot. Das ist der Schandfleck.«

Sie erreichten die Bude des Händlers, dem Sesana die Tücher liefern sollte. Die Bajoranerin in dem Verkaufsstand nahm den Korb, holte die Tücher heraus und hielt sie hoch. Die hellen Farben schimmerten im Morgenlicht. Dann trat die Frau in einen kleinen Nebenraum und schloß die Tür. »Was macht sie?« fragte Nog.

»Echte Leuchtseide schimmert in der Dunkelheit«, erklärte Sesana. »Sie vergewissert sich, daß die Tücher tatsächlich Licht abgeben.«

Nog schaute gierig und interessiert drein. »Sind diese Tücher selten?«

»Allerdings. Früher konnte man sie überall bekommen, doch die Geschöpfe, die die Seide spinnen, wurden fast ausgerottet, als die Cardassianer die Inseln zerstört haben, auf denen sie lebten. Jetzt werden sie nur noch von ein paar Farmern auf diesen Inseln gezüchtet. In freier Wildbahn gibt es sie nicht mehr.«

»Hmm«, machte Nog. »Ich würde gern mit dir über diese Tücher sprechen...«

In diesem Augenblick kam die Marktbudenbesitzerin lächelnd heraus. Sie unterschrieb eine Quittung, die Sesana ihr gab, und dann führte das Mädchen die beiden Jungen davon. Nun, da sie nicht mehr den Korb tragen mußte, kamen sie schneller durch die Menge voran. »Warum ist dieser Tikar Antol so gefährlich?« fragte Jake sie.

Sie warf ihm einen verängstigten Blick zu. »Das habe ich nicht gesagt.«

»Nein«, bestätigte Jake, »aber du schaust jedesmal verängstigt drein, wenn jemand seinen Namen erwähnt. Wer ist er, und weshalb jagt er dir solche Angst ein?«

»Tikar Antol ist ein General«, sagte sie. »Als die Cardassianer herrschten, war er einer der großen Führer des Widerstands. Aber er ist ein verbitterter Mann. Ihr wißt vielleicht, daß das bajoranische Volk sehr religiös ist. Es gibt natürlich verschiedene Sekten, aber alle widmen sich der Aufgabe, die Wege des Geistes zu erkunden. Und alle haben Kai Opaka und ihre Lehren verehrt – alle bis auf Tikar Antol und seine Abgefallenen.«

»Und wer sind sie?« fragte Nog. »Und was die Leuchtseide betrifft...«

»Es heißt, Tikar sei der erste Abgefallene gewesen«, erwiderte Sesana. »Er hat jahrelang gegen die Cardassianer gekämpft. Sie haben deshalb seine ganze Familie umgebracht – seinen Vater, seine Mutter, all seine Schwestern und Brüder, und seine Frau und Kinder. Die Cardassianer haben sie schrecklich gefoltert und dann getötet. Und Tikar hat seinen Glauben verloren. Er hat erklärt, wenn die Religion ihm nicht helfen konnte, wenn die spirituellen Kräfte nicht einmal seine unschuldige Frau und Kinder schützen könnten, würde er sich von ihnen abwenden. Und das hat er getan. Er ist vom wahren Glauben abgefallen. Seine Gefolgsleute sind ebenfalls Ungläubige.«

»Aber der Krieg mit den Cardassianern ist vorbei«, wandte Jake ein. »Weshalb macht Tikar dir dann noch immer angst?«

»Er macht jedem angst!« rief Sesana. »Er will nicht, daß Bajor der Föderation beitritt. Keiner von seiner Bande will das. Und sie alle hassen den Rat, weil der den Wegen der Kai und den Lehren der Priester folgt. In anderen Städten auf Bajor hat es Zwischenfälle gegeben – Bombenattentate, Entführungen, terroristische Akte. Niemand weiß, wer dafür verantwortlich ist, aber alle haben die Abgefallenen in Verdacht. Hier in dieser Gegend wird Tikar toleriert, weil er während des cardassianischen Rückzugs die Stadtbewohner beschützt hat, und weil seine Armee noch existiert. Sie ist irgendwo dort draußen in der Wildnis des Schandflecks, und niemand weiß, wie groß sie ist. Doch alle haben vor den Abgefallenen und ihrer Macht Angst, besonders jetzt.«

»Warum ausgerechnet jetzt?« fragte Jake.

»Deshalb«, sagte Sesana und zeigte auf eine Kreuzung vor ihnen.

Dort hatte sich eine Menge zusammengefunden, die leise vor sich hinmurmelte. Auf der Straße zog eine Prozession bajoranischer Mönche in hellen, scharlachroten Roben vorbei, die Handglöckchen klingeln ließen und ein Gebet sangen. In der Mitte des Zugs schritt ein großer, kahlköpfiger Mann von vielleicht fünfzig Jahren. Sein Umhang war silbergrau, und er hob die Hand, um die Passanten, denen er begegnete, zu segnen. Jake kam er wie ein freundlicher Großvater vor – wie ein Großvater, der die Last einer ganzen Welt auf seinen Schultern trug.

»Vorsicht!« rief Nog plötzlich.

Ein junger Bajoraner hatte sich durch die Menge gedrängt. Er sprang auf die Straße und stieß einige verblüffte Mönche zur Seite. Jake rang nach Atem, als er sah, daß der junge Mann ein langes, gebogenes und spitz zulaufendes Messer hob und auf den alten Mann einstechen wollte …

Und dann hatten die Mönche sich um ihn zusammengedrängt. Sie stießen ihn zurück, während die Menge hierhin und dorthin drängte. Einige versuchten, aus dem Weg zu kommen, andere schoben sich vor, um besser sehen zu können. Einer der jungen Mönche war verletzt worden; sein Umhang war zerrissen, seine Schulter blutete. Er hielt das gebogene Messer in der Hand. Andere drückten den Attentäter zu Boden.

»Laßt ihn gehen«, sagte der alte Mann in dem silbernen Umhang sanft. »Ich vergebe ihm.«

»Du bist noch kein Vedek!« schrie der Attentäter.

»Nein«, stimmte der alte Mann zu, bei dem es sich um Carik Madal handeln mußte, über den der Hüter der Schlüssel gestern gesprochen hatte. »Aber ich werde bald einer sein.«

»Trotz der Wünsche wahrer Bajoraner, wie ich einer bin!« rief der junge Mann.

»Nicht trotz, sondern gerade wegen solcher Bajoraner wie dir«, sagte Carik. »Laßt ihn los.«

Der junge, nun entwaffnete Mann drängte sich durch die Menge und kam ganz dicht an Jake, Sesana und Nog vorbei. Jake erschauerte leicht, als er daran dachte, daß er fast Zeuge eines Mordes geworden wäre. Die Prozession formierte sich neu und zog weiter, wobei zwei andere Mönche den Verletzten stützten.

»Hassen sie den neuen Vedek so sehr?« fragte Jake.

»Einige schon«, murmelte Sesana. »Am meisten die Abgefallenen, weil Carik Madal dafür eintritt, daß wir der Föderation beitreten.«

Sie überquerten die Straße und bahnten sich den Weg durch die Menge der Bajoraner, von denen viele laut über das versuchte Attentat sprachen. Jake stellte fest, daß sie keineswegs so schnell vorankamen wie Nachrichten – oder Gerüchte, denn bei vielen der Gespräche, von denen er einige Fetzen aufschnappte, war aus dem einen Attentäter eine Gruppe geworden, die mit Phasern und Disruptoren bewaffnet gewesen war.

Schließlich blieb Sesana vor einem Kuppelgebäude stehen. »Das ist das Geschäft meines Vaters«, sagte sie. »Hört mir gut zu. Wenn euer Freund mit Tikar gegangen ist, schwebt er in großer Gefahr. Vielleicht ist er jetzt ein Gefangener der Abgefallenen. Sie verachten die Föderation und werden alles tun, um zu verhindern, daß Bajor ihr beitritt. Ihr müßt sofort die Behörden verständigen. Sagt ihnen, daß …«

»Das können wir nicht«, sagte Jake. »Wir sind … äh … gewissermaßen illegal hier.«

Sie blinzelte sie an. »Ihr kommt von Deep Space Nine«, sagte sie. »Die örtlichen Constables haben keine Macht über euch.«

»Jake«, sagte Nog mit warnendem Tonfall. »Vielleicht sollten wir lieber einfach ...«

»Wir sind blinde Passagiere«, sagte Jake. »Wir werden Schwierigkeiten bekommen – und ich bin mir nicht mal sicher, daß dem Doktor überhaupt etwas zugestoßen ist. Er hat Tikar freiwillig begleitet, ohne den geringsten Zwang. Vielleicht könntest du uns helfen, dieser Sache auf den Grund zu gehen.«

»Ihr wißt nicht, was ihr da von mir verlangt«, sagte Sesana. »Die Abgefallenen werden nicht zögern, uns alle zu töten ...«

»Na ja, wir können zum Shuttle zurückkehren und Hilfe anfordern«, sagte Nog. »Tut mir leid, daß wir dich belästigt haben. Leb wohl.«

»Nog«, sagte Jake und trat vor seinen Freund, um zu verhindern, daß er einfach davonging. »Wir können Deep Space Nine nicht anfunken. Was, wenn Dr. Bashir in Ordnung ist? Es könnte doch alles mögliche passiert sein. Vielleicht liegt irgendein medizinischer Notfall vor, der seine Anwesenheit erfordert. Wenn ihm nichts zugestoßen ist, stehen wir wie die letzten Trottel dar. Und vergiß nicht, daß Dad im Augenblick nicht auf der Station ist. Willst du, daß Major Kira uns bestraft?«

Nog schluckte schwer. Auch Major Kira war eine bajoranische Freiheitskämpferin gewesen. Für Streiche und Ungehorsam hatte sie sehr wenig übrig. »Na schön«, sagte er zögernd. »Wir werden sehen, was wir tun können. Aber wir brauchen Hilfe.«

»Sesana?« fragte Jake. »Ich weiß, daß du mit dieser Sache nichts zu schaffen hast, aber würdest du uns trotzdem den Weg erklären?«

Sie schüttelte den Kopf. »Ihr würdet niemals dort ankommen«, sagte sie. Sie warf dem Geschäft ihres Vaters einen sehnsüchtigen Blick zu und atmete dann tief ein. »Ach, was soll's. Meine Mutter und mein Vater haben gegen die Cardassianer gekämpft. Da kann ihre Tochter auch gegen die Abgefallenen kämpfen. Begleitet mich. Ich weiß, wie wir zum Schandfleck kommen.«

»Danke«, sagte Jake.

Sie funkelte ihn an, und Zorn blitzte in ihren grünen Augen auf. »Wartet damit lieber!« fauchte sie. »Ihr könnt mir danken, sobald wir zurück sind. Falls wir lebendig zurückkehren, heißt das.«

5

Sesana führte sie durch ein Labyrinth gewundener, schmaler Gassen mit schäbigen Gebäuden. Nog schien hin und her gerissen zwischen der Anziehung, die Sesana auf ihn ausübte, und seinem Wunsch, Geld zu verdienen. Er schaute sehnsüchtig den Weg zurück, den sie gekommen waren. »Vielleicht solltet ihr beide versuchen, Dr. Bashir zu finden, während ich im Basar bleibe«, sagte er. »Wenn er dort auftaucht, sehe ich ihn und kann euch...«

»Er wird nicht zurückkommen«, sagte Sesana fest. »Nicht, wenn er sich in den Händen der Abgefallenen befindet.«

Sie gelangten zu einem großen, ungepflasterten Platz, über den Karren rumpelten, die von den grünen, gehörnten Tieren gezogen wurden. Eine Wolke aus feinem gelbem Staub schwebte in der Luft. »Was sind das für Geschöpfe?« fragte Nog und trat beiseite, als zwei der Tiere, die vor einen schweren Karren gespannt waren, auf ihn zutrotteten.

Sesana warf ihnen einen Blick zu. »Das sind Fabor«, sagte sie. »Zugtiere aus der Wüste. Sie brauchen nur wenig Wasser. Aber wir werden sie nicht nehmen.«

»Wir nehmen ein Tier?« fragte Nog mit einem beunruhigten Blick. Er war klein, viel kleiner als Jake, und mochte keine großen Geschöpfe in seiner unmittelbaren Nähe.

»Wir nehmen meinen Lopp«, sagte sie. »Der Stall ist dort drüben.«

Jake blinzelte, als sie aus dem hellen Sonnenschein in das dunkle Innere eines Gewölbes traten. Trockenes Gras lag auf dem Boden und knirschte unter ihren Schritten. Es verströmte einen süßen Geruch. In dem Halbdunkel atmeten einige große Tiere geräuschvoll, und gelegentlich gab eins ein langgezogenes, röchelndes, gurgelndes Geräusch von sich. »Er steht dort hinten«, sagte Sesana und führte sie zu dem dunkelsten Teil des Stalls.

Nachdem seine Augen sich an die Dunkelheit gewöhnt hatten, konnte Jake nun auf beiden Seiten Boxen ausmachen. Aus einigen ragten grazile Hälse hervor. Sie erinnerten Jake an die irdischer Pferde – allerdings an solche mit lederartiger brauner Haut und sägezahnähnlichen Stacheln, die statt einer Mähne auf ihren Hälsen wuchsen. Tiefliegende, dunkle Augen betrachteten sie schimmernd, als sie an den Tieren vorbeigingen. Sesana blieb schließlich vor einer der Boxen stehen und schwang das hölzerne, mit einem Tau gesicherte Tor auf. »Komm her, Weißfuß«, gurrte sie leise.

Schnaubend kam das große Tier heraus.

Nog schluckte und trat zurück, und auch Jake wich zur Seite aus. Weißfuß war muskulös und imposant; seine Schulter befand sich fast auf einer Höhe mit Jakes Augen. Das große braune Tier hatte flache weiße Füße am Ende von vier starken Beinen mit knotenartigen Knien. Weißfuß senkte gehorsam den Kopf, und Sesana zog eine Art Zaumzeug darüber.

»Wir werden ihn nicht satteln«, sagte sie. »Ich habe keinen Sattel für drei Personen, also müssen wir mit einem einfachen Reitpolster auskommen. Aber wir hängen ihm einen Tragriemen um. Jake, fülle diese Behälter draußen am Brunnen mit Wasser.«

Sie gab Jake ein Netz, an dessen Ecken vier leere Lederflaschen befestigt waren. Jake warf es sich über die Schulter und ging hinaus. In der Mitte des ungepflasterten Platzes befand sich ein großer Steinbrunnen, zu dem mehrere kleine Treppen hinaufführten. Er stieg eine empor und sah, daß mehrere Bajoraner dort ähnliche Wasserflaschen füllten. Einer trat zur Seite und machte ihm Platz, und Jake versuchte, die Lederflaschen genauso unter das tröpfelnde Wasser zu halten, wie sein Vorgänger es getan hatten. Ein Teil davon floß kalt über seine Hände.

Der Bajoraner lächelte ihm zu. »Kurze Reise«, sagte er.

»Äh ... ja«, erwiderte Jake.

»Nun ja, verirre dich nicht. Mit vier Wasserflaschen wirst du dort draußen nicht sehr weit kommen.«

»Ich werde aufpassen«, sagte Jake.

Er schleppte die vier gefüllten Flaschen zu den Ställen zurück. Sesana wartete schon ungeduldig auf ihn, und Nog hatte eine sichere Entfernung zwischen sich und den Lopp gebracht. Sesana hatte ein weiches Reitpolster über den Rücken des Tiers gelegt. Nun streichelte sie den ohrlosen Kopf und murmelte Weißfuß leise etwas zu. Als Jake ihr das Netz mit den Wasserflaschen gab, stieg sie auf einen Zaun neben dem Lopp und warf das Netz über den Rücken des Tiers. Der Lopp grunzte und schüttelte den Kopf. »Kommt«, sagte Sesana, als sie ein Bein über den Rücken des Tiers schwang. »Du kannst hinter mir sitzen, und ganz hinten Nog.«

»Ich?« quiekte der junge Ferengi. »Äh… hört mal, es wäre wirklich besser, wenn ich hier warte und…«

»Komm schon, Nog«, sagte Jake energisch.

Der Ferengi schluckte heftig. »Ich werde das noch bedauern«, murmelte er, trat aber langsam vor.

Jake stieg auf den Zaun und kletterte auf Weißfuß' Rücken. Das Tier bewegte sich nervös, und Jake mußte die Hände um Sesanas Taille legen, um nicht abgeworfen zu werden.

»Nein«, sagte sie. »Halte dich an dem Netz fest. Das ist sicherer. Wenn du herunterfällst, bleibe ich wenigstens oben.«

Toll, dachte Jake. Er saß auf dem Netz, das Sesana an dem Reitpolster befestigt hatte. Er ergriff die Maschen und schaute zu Nog hinab, der zögernd am Zaun stand. »Komm schon«, sagte er. »Es ist ganz einfach.« Er streckte die Hand aus. »Hier, halte dich fest, und ich helfe dir. Nein, gib mir die andere Hand.«

Endlich kletterte Nog an Bord, und Sesana gab einen schnalzenden Laut von sich. Das Tier setzte sich in Bewegung. »Hilfe!« rief Nog, der wild von einer Seite zur anderen schaukelte. »Ich falle runter!«

»Halt dich fest«, sagte Sesana ungeduldig. »Du wirst dich daran gewöhnen.«

Weißfuß trottete schwerfällig durch das Rundbogentor, und dann befanden sie sich auf einer unbefestigten Schotterstraße. Weit vor ihnen schwankten und polterten Karren und wirbelten gelbe Staubwolken auf. In der Nähe von Sakelo City war die Landschaft grün. Stachlige, grasähnliche Pflanzen und glänzende dunkelgrüne Reben bedeckten die weitläufigen Hügel. Doch in der Ferne schien die Sonne auf nackte gelbe Hänge. Sie schlugen diese Richtung ein und bogen auf einen schmalen Pfad ab, der sich von der Hauptstraße entfernte. »Der Schandfleck«, sagte Sesana grimmig. »Es heißt, die Abgefallenen hätten dort irgendwo ein Lager mit Nahrungskuppeln und tiefen Brunnen. Zumindest hatten sie dort früher mal eins, als sie noch gegen die Cardassianer kämpften.«

Während Weißfuß weitertrottete, gewöhnten sich Jake und sogar Nog allmählich an den schwankenden Gang. Zumindest fielen sie nicht herunter – wenngleich Jake klar war, daß sein Hinterteil noch Tage nach dem unbequemen Ritt wund sein würde. Als sie eine Stunde unterwegs waren, erreichten sie einen sanft abfallenden Hang. »Hier haben die Cardassianer mit ihrem Tagebau begonnen«, sagte Sesana. »Ihr seht, was sie dem Land angetan haben.«

Jake holte tief Luft. Sie befanden sich am Rand eines riesigen Kraters, eines so großen Kraters, daß die andere Seite nicht zu sehen war. Hier wuchs rein gar nichts mehr – vor ihnen lag lediglich eine aufgewühlte, schroffe und öde Wüste, die von tiefen Schluchten durchschnitten wurde und mit großen grauen Felsbrocken gesprenkelt war. Hier und da schimmerten unter dem messingfarbenen Himmel giftig aussehende grüne Teiche. »Da draußen sind sie?« fragte Nog, und in seiner Stimme lag Ehrfurcht. »Wie sollen wir sie dort jemals finden?«

»Wahrscheinlich werden sie eher uns finden«, murmelte Sesana. »Aber ich habe gehört, wie mein Vater über die alten Zeiten sprach. Er hat gesagt, die Rebellen wären aus Fantos Schlucht gekommen, um die Cardassianer anzugreifen. Dorthin reiten wir.« Sie trieb Weißfuß an.

Als sie hügelabwärts kletterten, umklammerte Jake verzweifelt Haarbüschel des Tiers. Der Hang war viel steiler, als er anfangs gedacht hatte. Als der Lopp das untere Ende erreicht hatte, befanden sie sich gut dreihundertfünfzig Meter tiefer als zuvor. Der Schandfleck fiel wie eine große, hohle Schüssel vor ihnen ab, und unter der brennenden Sonne erstreckte sich eine Ebene.

»Ein Gutes hat die Sache«, sagte Sesana. »Wenn Tikar Antol in einem Landtrans hierhergekommen ist, weiß ich, welchen Weg er zu Fantos Schlucht eingeschlagen haben muß. Es führen nicht allzu viele Straßen in den Schandfleck hinein, und nur eine führt in die Nähe der Schlucht. Also werden wir uns ihr aus dieser Richtung nähern.«

»Wir haben zumindest gesehen, daß sie in einem Landtrans aufgebrochen sind«, murmelte Jake. Schweiß brannte in seinen Augen. Es wurde immer wärmer. Sakelo City lag in den Tropen von Bajor, und die Sonne brannte heiß. »Was genau ist Fantos Schlucht?«

Fantos Schlucht, erklärte Sesana, war ein Riß, den die Erosion geschaffen hatte. Sie führte zum Tödlichen See, einem breiten, flachen Teich mit giftigem Wasser in der Mitte des Schandflecks. »Die Cardassianer hatten diesen Teil des Schandflecks ausgebeutet, als die Erosion einsetzte«, sagte Sesana. »Sie haben sich nicht daran gestört. Es heißt, einer der Sub-Präfekten, Gul Fanto, habe die Leichen von Sklaven, die an Erschöpfung gestorben waren, in die Schlucht werfen lassen. Deshalb wurde sie nach ihm benannt. Es heißt, irgendwo in dieser tiefen Felskluft befände sich das Rebellenlager, aber getarnt.«

»Getarnt?« fragte Nog. »Was soll das heißen, getarnt?«

»Ein bajoranischer Rebell hat ein kleines cardassianisches Raumschiff gestohlen und dann damit ein romulanisches Schiff erbeutet«, erwiderte Sesana. »Es war eine berühmte Heldentat. Das romulanische Schiff war schwer beschädigt, aber der Rebell flog es hierher zurück und baute die Tarnvorrichtung aus. Irgendwie ist sie dann in den Besitz von Tikar Antol gelangt. Dank der Tarnvorrichtung konnten die Cardassianer das Lager der Abgefallenen nie finden.«

Nog grunzte. »Ist ja toll. Und jetzt suchen wir danach. Bei den Profiten meiner Ahnen, ich wünschte, ich hätte Deep Space Nine nie verlassen.«

Sie hielten kurz an, um etwas Wasser zu trinken, und ritten dann in westliche Richtung einen gewundenen Pfad entlang, der sie immer tiefer in den Schandfleck führte. Von Zeit zu Zeit kamen sie an stummen Zeugen der cardassianischen Besatzung vorbei: kleine Lagerschuppen, die verrostet und zerfallen waren, Landeflächen aus Molybidenal, die teilweise von feinen gelben Sandverwehungen bedeckt waren, und mit Schutt gefüllte Minenschächte. Schließlich, drei Stunden, nachdem sie den Schandfleck betreten hatten, zügelte Sesana ihr Reittier. »Wir sind ganz in der Nähe der Schlucht«, sagte sie. »Jetzt gehen wir besser zu Fuß weiter.«

»Endlich!« sagte Nog.

»Und es wäre auch besser, wenn wir nur noch ganz leise sprechen«, warnte Sesana.

Sie glitten von Weißfuß' Rücken. Jakes Oberschenkel schmerzten, und seine Beine waren ganz wacklig. Nog konnte zuerst kaum stehen. Nachdem er stöhnend eine Weile hin und her gewatschelt war, ging es ihm jedoch wieder besser. Sie tranken noch etwas Wasser – es war in der Hitze der Sonne warm und unappetitlich geworden – und gingen dann vorsichtig weiter. Nachdem sie sich über einen kleinen Hügel gekämpft hatten, zeigte Sesana in die Wüste. »Da ist die Straße!« flüsterte sie.

Jake legte eine Hand an die Stirn und kniff die Augen zusammen. Die ›Straße‹ war kaum mehr als ein nackter Trampelpfad, der sich unbefestigt und schmal zwischen Felsbrocken und niedrigen Hügeln wand. Sie näherten sich ihr, und dann drückte Sesana Jake Weißfuß' Zügel in die Hand. »Halte ihn«, sagte sie. »Ich will mir das mal näher ansehen.« Sie ging zur Straße und folgte ihr dann langsam ein paar hundert Meter weit, während Jake und Nog hinter ihr hertrotteten. Weißfuß hielt nicht viel von Jake als Zügelhalter. Das große Tier riß unentwegt den Kopf nach links und rechts und atmete feuchte, heiße Luft gegen Jakes Hals und Wange. Schließlich zeigte Sesana nach vorn. »Ja«, sagte sie. »Der Wind hat die Spur schon fast verweht, aber man kann sie noch erkennen.«

Jake reckte den Hals. An einer geschützten Stelle hinter einem Findling war auf einem kleinen Stück Sand noch das gekreuzte Muster der Raupenketten eines Landtrans auszumachen. »Diese Spur muß von Tikars Fahrzeug stammen«, sagte er.

»Ja«, pflichtete Sesana ihm bei. »Sie ist mindestens einen Tag alt. Aber noch besser ist, daß keine Spuren in die andere Richtung führen. Das bedeutet, daß Tikar noch dort ist – und auch euer Freund noch dort sein muß.«

Ziemlich lange – so kam es Jake zumindest vor – gingen sie parallel zur Straße weiter. Schließlich sahen sie vor sich den Rand einer Klippe, die tief abfiel und sich in beide Richtungen so weit erstreckte, wie sie sehen konnten. »Das ist die Schlucht«, sagte Sesana, obwohl Jake das auch schon vermutet hatte.

Er war beeindruckt. Er wußte, daß es in diesem Teil Bajors zwei Jahreszeiten gab, die Trockenzeit und die Regenzeit. Die Trockenzeit befand sich jetzt auf ihrem Höhepunkt, und man konnte sich nur schwer vorstellen, daß ein halbes bajoranisches Jahr lang die Gegend um Sakelo City von peitschenden Stürmen und Wolkenbrüchen durchnäßt wurde. Doch nun fiel Jake diese Vorstellung etwas leichter. Nur gewaltige Flutmassen hatten diese gewaltige Schlucht graben und aus dem Untergrund herausschneiden können.

Sie hatte einen Durchmesser von mindestens einem Kilometer. Als sie sich dem Rand näherten, sah Jake, daß er fast dreihundert Meter tief abfiel. Die Wände wurden von roten, orangefarbenen, weißen und grauen Gesteinsschichten durchzogen, und Aufschüttungen auf dem Grund der V-förmigen Schlucht zeigten an, wo es Erdrutsche gegeben hatte. Die Felsspalte sah verlassen und furchteinflößend aus.

Die Sonne glitt den Himmel hinab, und die nachmittäglichen Schatten zogen sich schon in die Länge, als Sesana nach vorn zeigte. »Da«, sagte sie. »Dort ist etwas.«

Jake schaute in die Richtung, in die sie deutete. »Ich sehe nichts.«

Sesana zog ihn näher heran. »Dort, genau hinter diesen Felsen. Sind das nicht Fußabdrücke?«

Jetzt, da er wußte, wo er zu suchen hatte, konnte Jake schwache Verwischungen im Sand ausmachen, Spuren, die eine Fährte bildeten, die zum Rand der Schlucht führte. »Nog«, flüsterte Jake, »kannst du etwas hören?«

Der arme Nog sah fix und fertig aus. Er keuchte vor Hitze und stöhnte elend. Aber er lauschte aufmerksam und bewegte den Kopf von einer Seite zur anderen. »Ich höre nicht mal einen Käfer«, sagte er schließlich. »Nur den Wind unten in der Schlucht.«

Sie krochen vorsichtig weiter. Obwohl es aus der Ferne aussah, als führten die Spuren direkt über den Rand der Klippe in den tiefen Abgrund, sahen sie nun, daß hier ein schmaler Weg die Seite der Schlucht hinabführte, eine Art schmaler, steiler Vorsprung. Er mochte künstlichen Ursprungs und von den Rebellen geschaffen worden sein, doch es konnte sich auch um einen natürlichen Sims handeln; das ließ sich unmöglich sagen.

»Wir haben Glück«, flüsterte Sesana.

»Glück?« krächzte Nog ungläubig.

»Wären die Abgefallenen noch immer so vorsichtig wie früher, hätten sie ihre Spuren verwischt«, erklärte das Mädchen. »Dann hätten wir diesen Abstieg nie gefunden. Die Straße führt noch tiefer in die Schlucht, wird jedoch bestimmt gut bewacht. Das könnte ein Weg zu dem geheimen Lager sein.« Sie sah die beiden Freunde an. »Na schön«, sagte sie. »Das ist eure letzte Chance. Kehren wir nach Sakelo zurück und benachrichtigen die Constables?«

»Nein«, sagte Jake, bevor Nog etwas erwidern konnte. »Wir müssen es allein schaffen.«

»Also gut«, sagte Sesana. »Dann steigen wir hinab. Wir müssen im Gänsemarsch gehen.«

»Nog geht am besten voraus«, sagte Jake. »Sollte jemand vor uns sein, kann er ihn hören, bevor wir beide ihn sehen können.«

»Vielen Dank, mein Freund«, murrte Nog. »Aber ich bin zu allem bereit, nur um aus dieser Hitze rauszukommen!« Er trat vor und stöhnte auf, als er den Sims hinabsah. »Ich bin nicht schwindelfrei«, beklagte er sich.

»Sieh einfach nicht in die Schlucht hinab«, riet ihm Sesana. »Halte deinen Blick auf den Weg gerichtet.«

Nog schaute überaus unglücklich drein, begann jedoch vorsichtig mit dem Abstieg. Sesana folgte ihm; nun führte sie Weißfuß wieder. Jake blinzelte, überrascht darüber, wie schnell sie außer Sicht verschwanden. Der Weg war sehr steil. Er warf einen letzten Blick auf die öde Landschaft des Schandflecks, schluckte schwer, wünschte sich, sein Herz würde nicht so laut hämmern, und folgte seinen Freunden in die unbekannten Gefahren der Schlucht hinab.

6

Der schmale, felsige Weg war in der Tat sehr steil. Manchmal war er fast völlig abgetreten, und die drei Gefährten mußten sich gegen den Hang drücken und zentimeterweise, Schritt für Schritt, weitergehen. Einmal löste sich ein Stein unter Jakes Fuß und fiel krachend und polternd hinab, und das eigentlich leise Geräusch hallte in der Wüstenstille der Schlucht laut wider. Schon bald war Jake furchtbar erschöpft. Er schwitzte und versuchte, den Sand und Staub wegzublinzeln, den der leichte Wind ihm ununterbrochen ins Gesicht wehte.

»Hier«, sagte Sesana einmal, als sie auf einer etwas breiteren Stelle des Vorsprungs angehalten hatten, und gab ihm ein buntes Tuch.

Als Jake sich damit das Gesicht abwischte, spürte er den Schmutz, der darauf klebte. Er seufzte und betrachtete Nog, dem die Hitze ebenfalls schwer zu schaffen machte. Auch sein kahler Kopf war mit einer feinen Staubschicht bedeckt, und auch er rang nach Atem. »Wie weit ist es noch?« fragte der Ferengi stöhnend.

Sesana schüttelte den Kopf. »Keine Ahnung. Ich habe keine Karte, und über die Abgefallenen und ihr Lager erzählt man sich nur Legenden.«

»Toll«, sagte Nog. »Wir laufen ihnen noch direkt in die Arme.«

»Das glaube ich nicht«, erwiderte Sesana. »Denn

dieser Weg wird nicht mehr benutzt. Die Abgefallenen haben ihn in den Fels gemeißelt, damit sie ihre Tiere und Fahrzeuge in die Schlucht bringen und wieder hinausschaffen konnten, aber die Cardassianer haben ihn entdeckt, und deshalb haben die Rebellen ihn aufgegeben. Ich war schon ein- oder zweimal hier unten und habe nach Anthrolit-Kristallen gesucht.«

Nog schaute etwas lebhafter drein. »Anthrolit-Kristalle? Was ist denn das?«

»Nichts besonderes«, erwiderte Sesana lächelnd. »Sie sehen aus wie kleine Pyramiden aus rotgelbem Feuer. Manchmal kommen sie in Erzablagerungen vor, aber sie haben keinen praktischen Wert, und deshalb haben die Cardassianer sich nie für sie interessiert. Aber ich mache gern kleine Schmuckstücke daraus. Hier, ich habe eins dabei… siehst du?« Sie zog eine Halskette aus ihrer Tunika hervor. Jake sah, daß daran ein kleiner, funkelnder, orangeroter Kristall baumelte, der in der Sonne hell aufleuchtete.

Nogs Blick wurde gierig. »Ah«, sagte er. »Vielleicht kann ich ein paar davon auf Deep Space Nine verkaufen…«

Jake seufzte. »Nog«, sagte er, »wir versuchen, Dr. Bashir zu finden. Schon vergessen?«

»Ich weiß, ich weiß«, sagte Nog. Er klang leicht irritiert. »Aber wieso kann man eine Rettungsaktion nicht mit einem kleinen Vergnügen verbinden? Wenn wir ein paar dieser Anthrolit-Kristalle finden würden…«

Sesana hatte eine weiche Feldflasche mit Wasser gefüllt. Jake trank daraus und warf sie dann dem Ferengi zu. »Hier«, sagte er. »Trinke etwas, und dann werden wir die Suche fortsetzen. Du kannst dir später den Kopf über deine Geschäfte zerbrechen.«

Nog murrte leise vor sich hin, trank dann aber einen großen Schluck Wasser und stand wieder auf. Die drei setzten ihren Abstieg fort. Je tiefer sie kamen, desto stärker schirmte die Klippe die direkten Sonnenstrahlen ab, und die Hitze wurde etwas erträglicher. Doch der Pfad war noch immer unsicher und trügerisch. Sesana hatte die Jungs gemahnt, so leise wie möglich zu sein, und Jake mußte aufpassen, wohin er trat; es wäre nicht gerade förderlich gewesen, wenn ein Stein unter lautem Getöse in die Schlucht gepoltert wäre, denn sie waren fast schon auf dem Boden angelangt, und jemand hätte sie vielleicht gehört.

Der felsige Grund der Kluft war eine Einöde aus nackten Steinen und wehendem Sand. Ein heißer Wind wehte hindurch und peitschte kleine, tanzende Sandwirbel auf. Hier und da war der Stein geschmolzen, zu seltsam aussehenden, orangegelben Pfützen zerflossen und dann wieder erstarrt. Jake dachte, daß diese Pfützen wie eine Art Pudding aussahen, den man umgekippt und dann gefroren hatte. Hier unten gab es kaum Leben. Jake machte gelegentlich dornige Wüstenpflanzen aus, die sich wie scharfe Bajonette zusammendrängten. Auf den schattigen Seiten einiger Felsen wuchs eine zähe, gelbgrüne Moosart. Dann und wann schossen flinke bajoranische Insekten, die so groß wie irdische Ameisen, aber schwarz gefärbt waren und zehn Beine hatten, vor ihnen über den Weg. Davon einmal abgesehen, konnte Jake keine An-

zeichen dafür ausmachen, daß sich seit dem Rückzug der Cardassianer von Bajor jemand hier aufgehalten hatte.

»Sind diese geschmolzenen Felsen Überbleibsel vom Bergbau?« fragte Jake das Mädchen flüsternd.

»Nein. Von Gefechten«, erwiderte sie.

Jake schluckte und sah sich um. Die Pfützen aus geschmolzenem und wieder erstarrtem Stein waren fast überall zu sehen. Ihrer Größe nach zu urteilen, mußten die Cardassianer Phaserfeuer der Raumschiffklasse eingesetzt haben. Er versuchte sich vorzustellen, wie es gewesen sein mußte, als die Rebellen sich hier versteckt hatten und überall um sie herum Explosionen die Felsen in weißglühende Flüssigkeit verwandelten. In seiner Phantasie sah er die kleine Gruppe der bajoranischen Freiheitskämpfer, die nur mit Handfeuerwaffen ausgerüstet waren und sich hinter Felsbrocken versteckten. Und von oben, vielleicht vom Rand der Schlucht, kamen die alles versengenden Phasersalven, die Fleisch und Knochen verdunsten konnten. Es mußte ein schrecklicher, einseitiger Kampf gewesen sein. Kein Wunder, daß die Bajoraner die Rebellen zu Helden gemacht hatten, sogar die Ungläubigen, die vom Glauben abgefallenen.

Schließlich verlief der Weg immer flacher, und sie befanden sich endlich auf dem Grund der Schlucht. Als Jake nach oben schaute, war er einen Augenblick lang benommen. Sie waren einen Trampelpfad von mindestens drei Kilometern Länge hinabgestiegen. Von hier aus sah er wie ein winziger Kratzer in der steilen Felswand aus. Und der Aufstieg, dachte Jake grimmig, würde noch schwieriger werden als der Abstieg.

Die Schlucht wand sich vor ihnen und fiel weiterhin leicht ab. Sie stiegen einen flachen Hang hinab und stießen plötzlich auf Wasser und Leben. Vor ihnen lag ein runder grüner Teich von vielleicht zwanzig Metern Durchmesser, dessen Oberfläche von den böigen Windstößen gekräuselt wurde. Zähe, dornige Gräser wuchsen an seinem Rand, und Jake konnte etwas ausmachen, irgendeine fischähnliche Lebensform, die unter der Oberfläche hin und her schoß.

»Ein schöner Anblick«, sagte Sesana, »aber das Wasser ist für uns giftig. Das ist ein Regenteich – die jährlichen Niederschläge füllen ihn auf, bis er fünf oder sechs Mal so groß ist wie jetzt, und dann schrumpft er in der Trockenzeit auf weniger als die halbe Größe zusammen, die er jetzt hat. Die Gifte sammeln sich, wenn der Regen durch die Schlucht strömt. Das einzige Wasser, das man hier unten trinken kann, kommt aus den tiefen Quellen – und lediglich die Abgefallenen wissen, wo diese Quellen sind.«

»Lektion gelernt«, murmelte Nog. »Wir trinken kein Wasser aus Teichen.«

Sie gingen an dem Teich vorbei und drangen noch tiefer in die Schlucht ein. Nachdem etwa eine Stunde verstrichen war, blieb Nog, der noch immer voranging, plötzlich stehen und drehte den Kopf. »Ich höre etwas«, flüsterte er.

Jake lauschte ebenfalls, konnte aber außer dem schwachen Rauschen des Windes in der Schlucht nicht das geringste ausmachen. Aber er hatte ja auch keineswegs so empfindliche Ohren wie ein

Ferengi, dachte er. »Was?« flüsterte er Nog leise zu.

Nog hielt den Kopf schräg. »Jemand steigt in die Felsspalte herab«, murmelte er. »Ich höre das Klappern und Scharren von Stiefeln. Klingt nach mindestens zehn oder zwölf Personen. Und ihr Weg ist noch steiler, als unserer es war.«

»Wir müssen vorsichtig sein – und leise«, warnte Sesana.

Sie schlichen weiter. Als sie dann um eine an die Oberfläche tretende Felsschicht gingen, konnte Jake sie ausmachen. Mehrere Gestalten, mindestens ein Dutzend, vielleicht sogar mehr, kletterten auf einem Sims, der noch schmaler und steiler war als der, den sie benutzt hatten, die Klippe hinab. Er kniff die Augen zusammen. Obwohl sie weit entfernt waren, erkannte er, daß die Mitglieder der Gruppe sich an einer Art Seil oder Kabel festhielten. Nog schloß die Augen, um sich besser konzentrieren zu können.

Die Neuankömmlinge erreichten den Grund der Schlucht, entfernten sich und verschwanden hinter einer Kurve. »Nun?« fragte Jake seinen Freund.

»Die meisten von ihnen sind Rekruten«, sagte Nog. »Anscheinend ist der neue Vedek bei diesen Leuten nicht besonders beliebt. Sie haben sich beklagt, daß ein Freund von ihnen versucht hat, ihn zu töten, es ihm aber nicht gelungen ist. Das muß der Zwischenfall gewesen sein, den wir beobachtet haben. Aber drei von diesen Leuten sprechen, als wären sie Anführer. Wie ich es verstanden habe, sollen sie die Neuen zur Ausbildung ins Lager bringen. Mehr konnte ich nicht aufschnappen.«

»Wir lassen uns lieber nicht zu weit zurückfallen«, sagte Sesana.

Die drei gingen weiter. Ihre Nerven waren zum Zerreißen gespannt, und sie waren bereit, sich in Deckung zu werfen, sollte sich vor ihnen auch nur ein Schatten bewegen. Schließlich gelangten sie an eine Stelle, an der Ablagerungen von Erdrutschen fast den gesamten Boden der Schlucht blockierten. Nur ein schmaler Weg führte weiter. »Das gefällt mit nicht«, sagte Jake. »Es könnte eine Falle sein.«

»Ja – oder eine Wache ist dort postiert«, erwiderte Sesana. Sie gingen zur Seite und fanden eine Stelle, an der sie die hinabgerutschten Felsbrocken hinaufklettern konnten.

Als Jake über die höchste Stelle hinwegschaute, blinzelte er überrascht. Einen Kilometer von ihnen entfernt befand sich eine Stadt, eine geheime Ansiedlung, die mitten in der Schlucht verborgen war. Er konnte Zelte und Gebäude sehen, die anscheinend aus Metallabfällen bestanden. Hier und dort war ein Landtrans abgestellt, und über die ›Straßen‹ zwischen den Zelten und Gebäuden strömten Leute. An den Hängen auf beiden Seiten der Schlucht standen verrostet aussehende runde Metallbehälter und ein paar Gebäude aus Metall, bei denen es sich einmal um Lagerhäuser oder Vorratsbehälter gehandelt haben mochte. Genau in der Mitte der Schlucht, an ihrer tiefsten Stelle, befand sich ein tiefer Kanal, der hier und da mit schmalen Planken oder steinernen Bögen überbrückt wurde. Und irgend etwas war mit dem Himmel über der verborgenen Stadt nicht in Ordnung.

Er flackerte und leuchtete. Es war, als würde

man durch Hitzewellen sehen, doch dieses Flimmern wurde nicht von Wärme verursacht. Jake wußte, daß er die Auswirkungen einer Tarnvorrichtung sehen mußte, aber von innen. Wenn dieses Tarngerät so funktionierte, wie es im Weltraum der Fall war, konnte von oben niemand das Camp sehen – oder auch nur mit Sensoren aufspüren. Falls die Cardassianer versucht hätten, das Lager aus dem All oder sogar aus tieffliegenden Gleitern aufzuspüren, wären sie gescheitert.

Und doch wurde Jake klar, daß Hunderte von Menschen dort wohnten, vielleicht sogar eintausend oder mehr. Eine beträchtliche Streitmacht, besonders, wenn man die Strategie verfolgte, die die bajoranischen Freiheitskämpfer bevorzugten: ein überraschender Angriff und dann der sofortige Rückzug. Jake war dabeigewesen, als Major Kira Geschichten aus ihrer Zeit als Untergrundkämpferin auf Bajor erzählt hatte. Obwohl sie auf einem anderen Kontinent gelebt hatte, weit entfernt vom Schandfleck und von Fantos Schlucht, wußte sie von heimlichen Überfällen, Sabotage und sogar Attentaten zu berichten, und als Jake sich nun daran erinnerte, dämmerte ihm allmählich, wie gefährlich das Lager der Abgefallenen während der Besatzung durch die Cardassianer gewesen sein mußte.

Und wie tödlich es auch heute noch sein konnte.

Die drei Freunde schauten zu dem Lager hinab und gingen dann wieder hinter den schützenden Felsen in Deckung. »Glaubst du, daß euer Arzt dort ist?« fragte Sesana. Sie wirkte überanstrengt und verängstigt.

»Ich habe keine Ahnung«, gestand Jake ein.

»Aber wenn Tikar Antol dorthin gefahren ist, wird wahrscheinlich auch Dr. Bashir dort sein.«

»Was machen wir jetzt?« fragte Nog. »Wir sind nur zu dritt. Wir können nicht einfach dort hineinmarschieren. Sie würden uns sofort gefangennehmen.«

Sesana biß sich auf die Lippe. »Es gibt nur eine Möglichkeit«, sagte sie. »Vielleicht kann ich mich in das Lager schleichen.«

»Nein!« sagte Jake, wobei er fast vergessen hätte, daß er ja flüstern sollte. »Du bist verrückt. Damit kommst du doch nicht durch!«

»Warum nicht?«

Jake verlagerte unbehaglich sein Gewicht. Er kam sich auf den durcheinandergeworfenen Felsbrocken wie eine kleine Eidechse vor. »Na ja, du bist viel zu jung«, murmelte er. »Und du bist für so etwas nicht ausgebildet. Und du bist… na ja, du bist nur ein Mädchen.«

Sesana funkelte ihn wütend an. »Meine Mutter war nicht älter, als ich es jetzt bin, als sie einem cardassianischen Henker die Kehle durchgeschnitten hat«, sagte sie. »Und sie war auch nur ein Mädchen. Das haben die Cardassianer zumindest geglaubt.«

»Trotzdem«, sagte Jake. »Es muß eine andere Möglichkeit geben.«

Sesana schüttelte den Kopf. »Nein. Verstehst du denn nicht, Jake? Ich bin die einzige von uns, die darauf hoffen kann, sich unbemerkt in das Lager zu schleichen. Ich mag zwar ein Mädchen sein, und ich mag jung sein, aber ich bin auch noch etwas anderes.«

»Und das wäre?« fragte Nog.

»Ich bin Bajoranerin«, sagte Sesana schlicht. »Und du, Nog, hast uns erzählt, daß die Abgefallenen bajoranische Rekruten anwerben. Ich glaube nicht, daß Ferengi oder Menschen bei ihnen mitmachen. Also muß ich es versuchen.«

»Das gefällt mir nicht«, sagte Jake.

Sesana lächelte verbittert. »Glaubst du etwa, mir gefällt es? Trotzdem ist es unsere einzige Chance. Wir müssen nur eine gute Gelegenheit abpassen, bei der ich es versuchen kann.«

Sie blieben lange in ihrem Versteck. Auf Bajor beeinflußten, genau wie auf der Erde, die Jahreszeiten die Länge der Tage. In diesem Teil von Bajor herrschte jetzt Sommer, und die Tage waren sehr lang. Doch spät an diesem Nachmittag bot sich endlich eine Gelegenheit. Nog hörte, daß eine weitere Gruppe sich näherte, und belauschte sie und berichtete den anderen, daß es sich auch bei ihnen um neue Rekruten handelte.

Sie versteckten sich in der Nähe des Weges. Bald kam die neue Gruppe in Sicht. Sie bestand aus sechzehn Bajoranern – nur ein Anführer der Abgefallenen, wie Nog ihnen gesagt hatte, was ein Glücksfall für sie war, und fünfzehn sowohl männliche als auch weibliche brandneue Rekruten. Alle waren nach der üblichen bajoranischen Mode gekleidet, so daß Sesana unter ihnen nicht auffallen würde. Die Gruppe kam an ihrem Versteck vorbei, und das junge Mädchen schlüpfte hinaus. Sie folgte dem letzten Mitglied des Trupps, und keiner der Bajoraner, die von ihrem Abstieg in die Schlucht erschöpft und überhitzt waren, bemerkte sie. Als die Rekruten durch die schmale Öffnung zwischen den von den Erdrutschen aufgehäuften Gesteinsmassen gingen, konnte Jake Sesana nicht mehr von den anderen unterscheiden. Er hoffte, daß ihre Tarnung Bestand haben würde.

»Und jetzt?« fragte Nog.

»Du hast den Plan doch gehört«, erwiderte Jake. Sie hatten ihn während der langen Wartestunden ausgearbeitet. Sesana würde in das Lager gehen, die Ohren spitzen, versuchen, etwas über Gefangene – besonders einen menschlichen Gefangenen – in Erfahrung zu bringen, und sich nach Anbruch der Dunkelheit wieder fortschleichen. Die Jungs würden hier auf sie warten, und wenn sie bis zur Morgendämmerung nicht wieder bei ihnen war, würden sie in die Stadt zurückkehren und Alarm schlagen.

Nog schüttelte den Kopf. »Ich glaube, wir haben einen Fehler gemacht«, sagte er zu Jake.

»Ja«, pflichtete der ihm bei. »Mir gefällt es auch nicht, daß sie allein in das Lager gegangen ist.«

»Ich weiß, was du meinst«, sagte der junge Ferengi. »Ich hätte ihr anbieten sollen, ihre Anthrolit-Halskette für sie aufzubewahren.«

Jake sah Nog stirnrunzelnd an.

Der Ferengi wandte unbehaglich den Kopf ab. »Na ja«, sagte er, »ich meine ja nur, falls sie nicht zurückkommen sollte, hätten wir damit wenigstens *etwas*, das einen kleinen Profit bringen würde.«

»Nog«, sagte Jake seufzend, »wir werden abwechselnd Wache halten. Ich übernehme die erste. Du ruhst dich aus, bis ich dich bitte, mich abzulösen. Und dann paßt du auf. Und bis Sesana sicher zurückgekehrt ist, will ich kein einziges Wort mehr über Profite hören. Sollte ich doch eins hören, werde ich etwas sehr Unangenehmes mit dir anstellen.«

»Du würdest mich nicht schlagen«, sagte Nog. »Ich bin dein Freund.«

»Nein, ich würde dich nicht schlagen«, erklärte Jake. »Aber ich würde deinem Vater sagen, daß du mir ein Geschenk gemacht hast. Kostenlos.«

Nog schnappte nach Luft. »Das würdest du nicht tun!«

»Du kannst es ja darauf ankommen lassen«, sagte Jake. »Und jetzt leg dich hin. Ich habe die erste Wache.«

Nog versuchte, es sich so bequem wie möglich zu machen, und lehnte sich mit dem Rücken gegen einen Felsen. Jake kletterte etwas höher und versteckte sich zwischen zwei großen Findlingen. Er konnte das Lager von hier aus gerade noch ausmachen. Die Rekruten befanden sich im Bereich der Tarnvorrichtung. Sie waren für ihn jetzt nur noch ein paar winzige Gestalten, die man unmöglich von den vielen anderen unterscheiden konnte. Aber irgendwo dort unten war Sesana, und Jake hoffte, daß sie gesund und wohlbehalten zurückkehren würde. Wenn nicht …

Nun ja, wenn nicht, hatte Jake nicht die geringste Ahnung, was er dann tun würde.

7

An diesem Nachmittag konnte Jake von seinem Aussichtspunkt zahlreiche Aktivitäten beobachten. Eine Gruppe Bajoraner kam aus dem getarnten Gelände hervor und ging zu einer runden, sandigen flachen Stelle auf der anderen Seite des Risses. Jake vermutete, daß sich dort, bevor die Erdrutsche die Schlucht »verstopft« hatten, wahrscheinlich auch einer dieser Teiche befunden hatte, von denen sie an diesem Tage schon mehrere gesehen hatten.

Jake hatte das Gelände studiert und war zum Schluß gekommen, daß die Abgefallenen sehr geschickt vorgegangen waren. Während der Regenzeit würden sich Wassermassen durch die Felsspalte wälzen. Die Erdrutsche würden einen Teil davon zurückhalten. Sie stellten einen Damm dar, der aus der Luft ganz natürlich aussah, als wäre dort ein Teil der Schluchtwände einfach zusammengebrochen. Doch die Abgefallenen mußten die Erdrutsche ausgelöst haben, denn sie dienten noch einem weiteren Zweck.

Sie leiteten die Wassermassen zu dem tiefen Kanal, der das Lager der Abgefallenen durchschnitt. Jake konnte sich gut vorstellen, wie es in der Regenzeit in der Schlucht aussah: Das aufgewühlte braune Wasser strömte durch die schmale Öffnung zwischen den aufgehäuften Felsen. Von dort floß es dann in den künstlichen Kanal, und das Lager selbst blieb von den Flutwellen verschont. Am anderen Ende öffnete der Kanal sich wahrscheinlich wieder in die Kluft. All das diente den Zwecken der Abgefallenen. Schließlich, so würde jeder Feind denken, war es unmöglich, mitten im Weg einer jährlichen Springflut ein permanentes Lager zu erhalten.

Jake wünschte sich, er hätte ein Fernglas mitgenommen. Er konnte erkennen, daß die Bajoraner auf dem runden Sandplatz ein paar Übungen machten. Wahrscheinlich wurden sie im Nahkampf ausgebildet, doch er war zu weit entfernt, um Einzelheiten ausmachen zu können. Ein Stück von dieser Gruppe entfernt, übte sich eine zweite, etwas kleinere, im Schießen. Jake sah die Strahlen von Phaserwaffen und den Dunst, der entstand, wenn die Ziele, die am anderen Ende der Schlucht aufgebaut worden waren, aufgelöst wurden. Doch auch diese Bajoraner waren zu weit weg, als daß er etwas deutlich hätte erkennen können.

Plötzlich legte jemand eine Hand auf Jakes Schulter. Er zuckte zusammen, fuhr herum – und sah, daß es nur Nog war. »Du hast mich fast zu Tode erschreckt!« flüsterte Jake. »Was ist los?«

»Nichts«, sagte Nog und entblößte bei einem Grinsen seine scharfen Zähne. »Mir war nur langweilig, das ist alles. Tut sich was?«

Jake zeigte durch die Schlucht. »Sieht so aus, als würden sie dort Übungen veranstalten. Kannst du etwas verstehen?«

Nog lauschte einen Augenblick lang. »Die sind sogar für mich zu weit weg«, sagte er dann. »Ich höre nur ein paar Anfeuerungsrufe der Ausbilder und das Zischen der Phaserstrahlen, wenn sie den Fels auflösen.«

»Du kannst wohl nicht feststellen, ob Sesana bei einer der beiden Gruppen ist«, sagte Jake enttäuscht.

»Tut mir leid«, erwiderte Nog. Er glitt den Hang hinab und streckte die Arme und Beine. »Weißt du, ich kann mir keinen Reim darauf machen, warum die Abgefallenen Dr. Bashir überhaupt entführt haben.«

»Was?« fragte Jake.

»Denk doch mal nach«, beharrte der Ferengi. »Sie wollen nicht, daß dieser … wie heißt er noch gleich … Carik … Vedek wird. Na schön, das können sie halten, wie sie wollen. Ich meine, die Föderation mischt sich ja sowieso nicht in die Politik eines Planeten ein, solange es um örtlich begrenzte Konflikte geht, durch die keine anderen Welten gefährdet werden. Selbst wenn dieser alte Tikar Carik vor der Zeremonie töten will, mit der er zum Vedek gemacht wird, ist das eine örtliche Angelegenheit. Was haben sie also mit Dr. Bashir vor? Wollen sie, daß er Carik als Patienten annimmt und zu Tode behandelt?«

Jake dachte darüber nach. Er hatte sich solche Sorgen um Dr. Bashirs Sicherheit gemacht, daß er sich diese Fragen gar nicht gestellt hatte, doch er mußte eingestehen, daß Nogs Einwand stichhaltig war. Obwohl Bashir seine wahre Identität vor Tikar geheimgehalten hatte, hatte der Anführer der Abgefallenen gewußt, daß sein Gefangener ein Mensch war. In diesem Sektor war dies gleichbedeutend damit, daß er von Deep Space

Nine kam. Ganz bestimmt hatte Tikar Antol gewußt, daß ihm eine Geisel von Starfleet nicht weiterhelfen würde. Selbst wenn es Tikar gelingen sollte, einen örtlichen religiösen Führer zu ermorden, konnte Starfleet nichts dagegen unternehmen – solange der bajoranische Rat nicht formell um Hilfe bat. Und dazu würde es bei dieser schlecht organisierten Versammlung, in der hauptsächlich Reden geschwungen wurden, niemals kommen. Das alles war einfach nicht logisch.

»Vielleicht brauchen sie Dr. Bashir für einen anderen Zweck«, sagte Jake zögernd. »Vielleicht hat er gar nichts mit dem Vedek zu tun.«

»Vielleicht«, stimmte Nog gähnend zu. »Vielleicht wechselt Tikar ins Spionagegeschäft über, und der Raumfalke soll ihm zeigen, wo's langgeht.«

Jake schüttelte den Kopf. »Das ist jetzt nicht mehr komisch, Nog.«

»Humor«, sagte der Ferengi, »ist Geschmackssache.«

Sie konnten lediglich warten, und das fiel ihnen schwer. Bei Anbruch der Dämmerung übernahm Nog die Wache, und Jake versuchte, sich etwas auszuruhen. Er würde natürlich keinen Schlaf finden, doch seine Beine schmerzten von dem langen Abstieg in die Schlucht, und er wollte die Chance nutzen, ein paar Minuten lang die Augen zu schließen. Er stellte schnell fest, daß es einfach unmöglich war, eine bequeme Lage zu finden. Die Felsen waren schroff und hart, und ganz gleich, wie er sich zurücklehnte, irgendein kleines scharfes Stück stach ihm immer in den Rücken. Auf den

Sand konnte er sich auch nicht legen, weil es hier in ihrem Versteck ganz einfach nicht genug davon gab. Er wagte es auch nicht, sich von dieser Stelle zu entfernen, weil Sesana hierher zurückkehren würde. Außerdem erfüllte ihn die sich senkende Dunkelheit mit der Gewißheit, daß er sich sofort verirren würde.

Also saß er einfach da, verlagerte sein Gewicht und fühlte sich mies. Über ihnen wurde der Himmel dunkel, und ein paar Sterne erschienen. Als er zu ihnen hochschaute, überlegte er, daß das Leben dort draußen, im Weltraum, doch nicht so schlecht war. Vielleicht war es auf Deep Space Nine manchmal langweilig, aber sein Zimmer war zumindest immer bequem. Und dort hatte sein Vater, der große, zuverlässige Commander Sisko, das Kommando, und Jake mußte sich keine Sorgen darüber machen, wer auf den launischen Dr. Bashir aufpaßte. Aber es kam ihm seltsam vor, sich hier auf einem Planeten zu befinden und sich zu wünschen, wieder auf der Station zu sein. Noch einen Tag zuvor war er auf der Station gewesen und hatte sich gewünscht, auf dem Planeten zu sein. Jake seufzte. Das Leben war einfach nicht fair, und mehr ließ sich dazu nicht sagen.

»Psst!« zischte Nog über ihm. »Es kommt jemand!«

Jake sprang auf und spannte die Muskeln an. »Wo?« flüsterte er.

»Jemand läuft durch den Pfad zwischen den Erdrutschen«, erwiderte Nog. Als er nach einem Augenblick fortfuhr, klang er erleichtert. »Alles in Ordnung. Es ist Sesana.«

Jake hatte den Atem angehalten. Jetzt stieß er ihn mit einem lauten Seufzer der Erleichterung wieder aus. Er erwartete, daß sie jeden Moment auftauchte, doch es vergingen noch fünf Minuten, bis sie sich soweit genähert hatte, daß auch er sie hören konnte, und eine weitere, bis er sie sah, eine dunkle Gestalt, die sich durch die Nacht bewegte. Sie kam direkt auf sie zu. »Wir müssen weg von hier«, sagte sie. »Sie haben im Lager ein Suchfeld errichtet, und als ich mich davonschlich, habe ich es vielleicht ausgelöst. Kommt mit!«

Es war für Jake der reinste Alptraum, ihr durch die Dunkelheit zu folgen. Er stolperte, rutschte aus und stieß sich mindestens ein Dutzend Mal die Zehen an. Sie zogen sich zu einer Stelle zurück, die etwa einen Kilometer von ihrem ersten Ausguck entfernt war. Dann bat Sesana den Ferengi zu lauschen, ob jemand sie verfolgte. »Nichts«, meldete Nog nach ein paar Sekunden. »Ich hoffe, du hast uns etwas zu essen mitgebracht. Ich verhungere allmählich!«

Zu Jakes Überraschung hatte Sesana tatsächlich etwas mitgebracht, ein hartes Früchtebrot. Es schmeckte süß und würzig, und nach ein paar Bissen war Jake schon satt. Sie spülten es mit einigen Schlucken Wasser herunter. »Ausgezeichnet«, sagte Nog. »Was war das?«

»Brot aus der Armeeverpflegung«, erklärte Sesana. »Jede Menge Kalorien, jede Menge Energie. Ich habe noch genug für eine weitere Mahlzeit für uns alle dabei. Aber jetzt hört zu! Ich habe etwas über Dr. Bashir herausgefunden.«

»Wirklich?« fragte Jake. Bevor Sesana zurückgekommen war, hatte er sich müde und erschöpft gefühlt, aber jetzt war er wieder fit. »Was ist mit ihm?«

»Du hast recht gehabt, er ist in dem Lager«, sagte Sesana. »Ein Stück von den anderen Gebäuden entfernt steht eine steinerne Hütte, ganz hinten neben den Treibstofftanks. Dort halten sie ihn gefangen.« Sie senkte die Stimme und fuhr fort: »In dem Lager herrscht ein furchtbares Durcheinander. Es hat sich herausgestellt, daß Tikar Antol ziemliche Schwierigkeiten hat. Er hat viele seiner Gefolgsleute verloren, und von denen, die bei ihm geblieben sind, wollen viele nun, da die Cardassianer sich zurückgezogen haben, die Bande verlassen. Er nutzt die Wahl des neuen Vedek aus, um weitere Anhänger zu gewinnen. Das war unser Glück. Mehr als die Hälfte der Lagerbewohner sind neue Rekruten, die die Spielregeln noch nicht kennen. Deshalb konnte ich mich dort problemlos umhören.«

»Ja, aber was ist mit Dr. Bashir?« fragte Jake ungeduldig.

»Dazu komme ich noch«, erwiderte Sesana. »Aber ihr müßt zuvor noch ein paar andere Dinge erfahren. Zuerst einmal hat Tikar tatsächlich vor, Carik Madal zu ermorden – aber erst, *nachdem* Carik zum Vedek ernannt wurde, und nicht vorher. Als er herausfand, daß ein junger Hitzkopf schon ein Attentat gegen Carik versucht hat, war er schrecklich wütend. Ich glaube, er hat befohlen, den jungen Mann hinzurichten.«

»Was?« fragte Nog. »Obwohl beide doch das gleiche wollen?«

Jake sagte nichts. Er erinnerte sich, daß der

großväterliche Carik Madal sich über den jungen Mann gebeugt und »Ich vergebe dir!« gesagt hatte. Die Bajoraner waren wirklich ein kompliziertes Volk. Auf der einen Seite gab es den alten Mann, der einem Attentäter verzeihen konnte. Auf der anderen Seite gab es Tikar Antol, der einen jungen Mann töten lassen konnte, nur um ein Exempel zu statuieren.

»Sie wollen gar nicht das gleiche«, fuhr Sesana fort, an Nog gewandt. »Der Attentäter war lediglich enttäuscht, daß ausgerechnet Carik Madal zum Vedek ernannt werden soll. Er wollte, daß sein eigener Kandidat erwählt wird und in den Rat kommt. Doch Tikar will Carik töten, um noch mehr Einfluß zu gewinnen. Er will den Rat selbst beherrschen. Tikar will auf ganz Bajor die Macht übernehmen.«

»Was ist mit Dr. Bashir?« fragte Jake erneut.

»Dazu komme ich noch«, beharrte Sesana. »Ich habe zwei Wachen belauscht, die über ihn sprachen, und konnte mir zusammenreimen, daß die Abgefallenen auf dem Raumhafen einen Spitzel eingeschleust haben. Als Dr. Bashir die Raumstation verließ, hat dieser Spion schon seine bevorstehende Ankunft gemeldet. Die Abgefallenen wußten von Anfang an, wer Dr. Bashir war und daß er von Deep Space Nine kam. Deshalb haben sie ihn gebraucht, aber der Arzt verweigert die Zusammenarbeit. Tikar ist sehr wütend. Er hat versucht, Dr. Bashir zu zwingen, eine Delegation der Abgefallenen nach Deep Space Nine zu bringen, doch Dr. Bashir hat abgelehnt. Jetzt hat Tikar nach einem anderen Arzt geschickt, einem bajoranischen Abgefallenen, der sich während der cardas-

sianischen Unterdrückung auf Foltertechniken spezialisiert hat.«

»Auf F-Folter?« krächzte Nog.

Jake war plötzlich ganz kalt. »Was haben sie mit ihm vor?« fragte er.

Sesana schwieg einen Moment lang. »Ich weiß es nicht genau«, fuhr sie dann fort. »Ich glaube, sie wollen ihn unter Drogen setzen und ihn dann mit seinem Shuttle nach Deep Space Nine zurückschicken. Weiß einer von euch, was eine Vandellium-Bombe ist?«

»Nein«, sagte Nog.

Aber Jake wußte es. Plötzlich war ihm nicht nur kalt, sondern er fror bis auf die Knochen. »Das ist ein verbotenes Kriegsgerät«, sagte er mit zitternder Stimme. »Es ist keine gewöhnliche Bombe. Sie setzt bei der Explosion keine normale Sprengkraft frei. Man könnte praktisch neben ihr sitzen, wenn sie hochgeht, und die Explosion würde kaum ausreichen, um den Stuhl umzuwerfen.«

»Und warum klingst du dann so verängstigt?« fragte Nog. Auch er klang nun nervös.

»Weil sie lebendes Gewebe zerstört«, sagte Jake. »Stell dir einen Phaser vor, der auf die Höchststufe eingestellt ist. Wenn er auf ein Ziel trifft, verschwindet es. Die Moleküle fliegen einfach auseinander. Na ja, eine Vandellium-Bombe funktioniert so ähnlich, aber lediglich lebendes Gewebe fliegt auseinander – Fleisch und Knochen und Blut. Selbst eine kleine Vandellium-Bombe könnte jede Person im Umkreis von fünf Kilometern vernichten. Sie würden sich alle in Dunstwolken auflösen, und alle Tiere und Pflanzen in dem Bereich mit ihnen.«

»Sie wollen eine solche Bombe nach Deep Space Nine bringen«, sagte Sesana.

Jake schloß die Augen. Sein Herz hämmerte heftig. Er stellte sich vor, wie die *Einstein* an Deep Space Nine andockte. Bevor Dr. Bashir noch durch die Luftschleuse gehen konnte, würde die kleine, versteckte Bombe fast geräuschlos explodieren.

Aber Dr. Bashir würde verschwinden – und mit ihm Jadzia Dax, Keiko und Miles O'Brien, Quark, Major Kira und sein Vater, falls er bis dahin zurückgekehrt sein sollte, und über dreihundert weitere Besatzungsmitglieder von Deep Space Nine. Kleine Dampfwölkchen würden sich kurz erheben, und dann würden sie einfach verschwunden sein. Deep Space Nine würde, völlig intakt und unbeschädigt, darauf warten, von seinen neuen Besitzern betreten zu werden. Jake glaubte zu wissen, wer der Anführer dieser neuen Besitzer sein würde.

Tikar Antol.

Stockend und leicht stotternd erklärte Jake den anderen, was genau eine Vandellium-Bombe auf Deep Space Nine anrichten würde. »Sie brauchen Dr. Bashir«, sagte er schließlich. »Die Sicherheitsvorkehrungen des Shuttles werden nur sein Identitätsmuster akzeptieren. Und da seine Rückkehr erwartet wird, wird wohl niemand den Shuttle vor dem Andocken gründlich sondieren.«

»Nein«, stimmte Nog zu. »Das geht gar nicht. Hast du es schon vergessen? Ich habe die Schaltkreise blockiert, damit wir unentdeckt auf die Station zurückkehren können.«

Jake hätte fast laut aufgestöhnt. Es ging nicht nur um das Leben eines religiösen Führers auf

Bajor. Jeder an Bord von Deep Space Nine war in Gefahr. Sie mußten eine Möglichkeit finden, Tikar aufzuhalten.

Doch was konnten schon drei Kinder gegen Tikar Antols Armee ausrichten?

Jake wußte es nicht. Aber ihm wurde klar, daß sie es auf jeden Fall versuchen mußten.

8

Jake betrachtete die Skizze, die Sesana in den Sand gezeichnet hatte. »Die Gefangenenhütte befindet sich hier«, sagte sie und berührte mit der Spitze des Steins, mit dem sie den Entwurf angefertigt hatte, ein Quadrat. »Vor der Tür stehen zwei Wachen. Keine Fenster.«

Jake atmete tief ein. Das Gefängnis lag auf der anderen Seite der Felsspalte, auf halber Höhe eines sanften Hangs. Hinter der Hütte befanden sich ein paar Treibstoffbehälter, und dahinter die steile Felswand. Wenn man sich erst einmal im Lager befand, konnte man sich nirgendwo verstecken – und um zu der Hütte zu gelangen, mußte man das Lager durchqueren. Es sah hoffnungslos aus. »Ich glaube, wir werden doch Hilfe holen müssen«, sagte Jake zögernd.

»Gut!« Nog erhob sich und bürstete den Sand von seinen Hosen. »Brechen wir sofort auf und ...«

»Nicht wir, Nog«, sagte Jake und drehte sich zu Sesana um. »Du wirst in die Stadt zurückkehren. Erzähle deinem Vater, was sich hier draußen abspielt, und bitte ihn, die Behörden zu informieren. Vielleicht werden auch einige Mönche helfen – schließlich versucht Tikar, den neuen Vedek zu töten, und ...«

»Ich kehre nicht zurück«, protestierte Sesana.

»Aber du mußt!« beharrte Jake.

Sesana verschränkte die Arme vor der Brust. »Und was werdet ihr beide tun, solange ich weg bin?«

»Wir werden versuchen, den Doktor aus dem Lager zu holen«, sagte Jake.

»Bist du verrückt?« fragte Nog. »Da drin wartet eine ganze Armee auf uns!«

»Ich weiß«, sagte Jake. »Aber dieses Heer besteht zur Hälfte aus neuen und noch nicht ausgebildeten Rekruten. Und wie Sesana uns berichtet hat, ist es in all den Jahren niemandem gelungen, das Lager zu finden. Sie werden nicht damit rechnen, daß jemand versucht, den Gefangenen zu befreien. Ich wette, diese Wachen sollen nur dafür sorgen, daß Dr. Bashir die Hütte nicht verläßt – und nicht, daß niemand hineinkommt!«

»Man wird euch sofort entdecken«, wandte Sesana ein. »In Tikars Armee gibt es keine Menschen oder Ferengi. Ich könnte es schaffen, weil ich einfach eine Bajoranerin unter vielen bin, aber ihr ...«

»Ein guter Einwand«, sagte Nog. »Also ist es hoffnungslos. Gehen wir.«

»Augenblick mal, Nog«, sagte Jake. Er war müde und gereizt. Er stand auf und spürte, daß der grobe Sand unter seinen Füßen knirschte. »Jemand muß hierbleiben und versuchen, den Doktor zu befreien, bevor sie ihn unter Drogen setzen können. Wenn Tikar ihn sowieso durch die Explosion der Vandellium-Bombe töten will, könnte er ihm jede mögliche Droge verabreichen... auch eine mit tödlicher Wirkung. Wir müssen versuchen, ihn vorher rauszuholen.«

»Dann laßt mich zurück, und ich versuche, zu

ihm durchzukommen«, sagte Sesana. »Ihr kehrt nach Sakelo zurück und informiert die Behörden.«

»Das wäre ein logisches Vorgehen«, sagte Nog. Mit einem leisen Anflug von Hoffnung in der Stimme fügte er hinzu: »Meinst du nicht auch, Jake?«

»Klar«, erwiderte Jake. »Aber da wäre noch ein kleines Problem. Nog, findest du nach Sakelo zurück?«

»Natürlich!« erwiderte Nog ungehalten. »Ferengi haben einen unfehlbaren Orientierungssinn.«

»Na schön«, sagte Jake. »In welcher Richtung liegt Sakelo City?«

Nog streckte den Arm aus.

Jake sah Sesana an. Sie schüttelte den Kopf und zeigte in eine völlig andere Richtung. »Da siehst du es«, sagte Jake. »Wir beide würden nie zur Stadt zurückfinden – das kann nur Sesana. Also muß sie gehen, und wir müssen zurückbleiben.«

Sie stritten noch eine Zeitlang, doch schließlich mußte Sesana eingestehen, daß Jake recht hatte. Sie war die einzige, die zur Stadt zurückfinden und Hilfe holen konnte. Sie fügte sich und schritt schweigend in die sich senkende Dunkelheit der kurzen Sommernacht hinaus. »Mir gefällt das nicht«, murmelte Nog.

»Ich bin auch nicht besonders versessen darauf«, murmelte Jake. »Wir brauchen einen Plan.«

»Wir brauchen eine Ablenkung«, sagte Nog.

Jake nickte. »Das ist eine gute Idee.«

»Natürlich ist es das. Eine Erwerbsregel besagt: ›Je mehr man dem Geschäftspartner abnehmen will, desto größer muß die Ablenkung sein.‹« Nog schnalzte niedergeschlagen mit der Zunge. »Dann brauchen wir wohl eine Ablenkung von der Größe eines Erdbebens. Irgendwelche Vorschläge?«

Jake mußte eingestehen, daß er keine hatte. Im Schutz der Dunkelheit erkundeten sie ihre nächste Umgebung und stellten fest, daß sie hier über die hinabgerutschten Steine bis zum Rand der Schlucht hinaufklettern konnten. Das Lager der Abgefallenen war zu einem verschwommenen Umriß aus dunklen Gebäuden und Zelten geworden, zwischen denen der gelbe Schein von Kochfeuern leuchtete. Verblüfft fanden sie heraus, bis zu welcher Stelle die Tarnvorrichtung das Lager verbarg. Im einen Augenblick konnte Jake die Feuer noch deutlich erkennen; wenn er einen weiteren Schritt den Hang hinauftrat, verschwand die Hälfte von ihnen einfach. Nach noch ein paar Schritten waren sie alle verschwunden. Jake rutschte aus, und ein kleiner Stein löste sich unter seinem Fuß und rollte den Hand hinab.

»Sei leise!« beschwor Nog ihn. »Vielleicht haben sie elektronische Lauschgeräte aufgebaut.«

»Dann hätten sie dich schon längst gehört«, sagte Jake brummend. Der kleine Stein rollte noch ein Stück den Hang hinab und blieb dann irgendwo hängen. In diesem Moment kam Jake eine Idee. »He«, sagte er. »Ich glaube, du hast recht, Nog. Die ideale Ablenkung wäre ein Erdbeben.«

»Toll«, sagte der Ferengi. »Und wie lösen wir eins aus? Ich kenne mich mit den Techniken der Föderation zur Destabilisierung eines Planetenkerns nicht besonders gut aus.«

»Kein echtes Erdbeben«, sagte Jake. »Nur einen

Erdrutsch. Und den bekommen wir mit ein paar gut gezielten Steinen hin.«

Nog kapierte sofort. »Am Rand der Schlucht gibt es zahlreiche felsige Stellen, wo wir ein paar große Steine lockern könnten«, sagte er. »Wenn wir zwei oder drei Stück hinabrollen, lösen sie vielleicht eine Lawine aus.«

»Zumindest würden sie die Aufmerksamkeit aller Lagerbewohner auf sich ziehen«, erwiderte Jake. »Und kleine Erdrutsche müssen hier häufig auftreten. Sie würden noch nicht mal annehmen, daß jemand bewußt einen ausgelöst hat.«

»Aber sie müssen der Sache nachgehen«, sagte Nog. »Denn selbst ein natürlicher Erdrutsch könnte das Lager zerstören, oder zumindest schwer beschädigen. Na schön, gehen wir.«

Sie kletterten zum Rand der Felsspalte hinauf und gingen vorsichtig am Steilhang entlang. Zum Glück hatte sich das Sommerleuchten noch am Horizont gehalten und spendete ihnen so viel Licht, daß sie geeignete Orte ausfindig machen konnten. Jake fand eine Stelle, die sich teilweise über dem Lager befinden mußte. Sie schien für ihr Vorhaben ideal zu sein. Dort hatte die Erosion vier oder fünf große Felsbrocken gelockert. Die größeren, tieferen waren jedoch viel zu schwer, als daß Jake und Nog sie hätten bewegen können, doch weiter höher befanden sich einige kleinere. Wenn die Jungs sie umkippen konnten, würden sie wahrscheinlich ein paar der größeren Steine mitreißen und eine beunruhige Lawine in Bewegung setzen.

Etwa eine Stunde lang arbeiteten Jake und Nog an dem Felsen, der ihnen am geeignetsten vorkam, gruben kleinere Steine aus und schafften die Erde beiseite, die dem Findling Halt gab. Schließlich war der Felsbrocken so locker, daß Nog ihn problemlos über den Rand der Schlucht stoßen konnte. »Du mußt warten, bis ich wieder unten bin«, sagte Jake keuchend. Er hatte Blasen an den Händen, weil er einen unbehauenen Stein als Meißel benutzt hatte, und sein Mund war furchtbar trocken. »Warte etwa eine Stunde lang, und dann stößt du den Stein um.«

»Geh«, sagte Nog mit müder Stimme. »Wir treffen uns oben auf dem großen Erdrutsch – falls wir dann noch leben.«

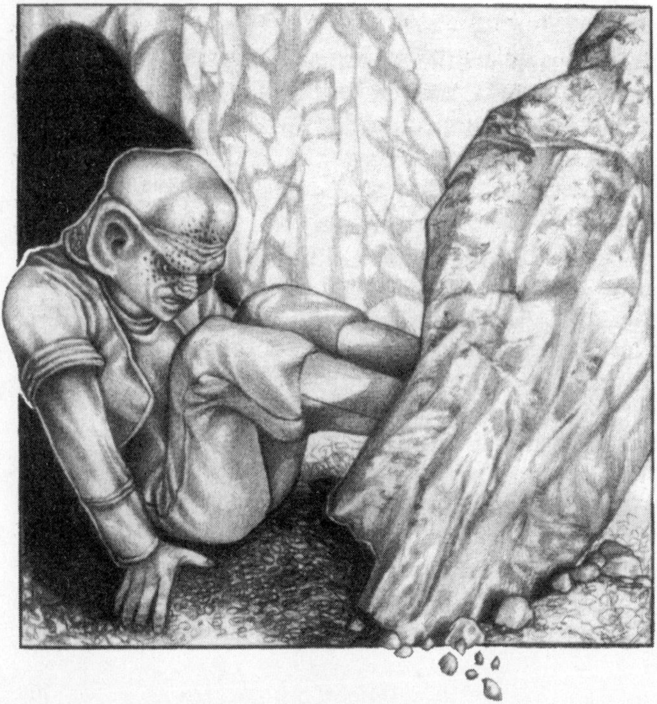

Der Abstieg war schwieriger als der Aufstieg, denn der Himmel war noch dunkler geworden, und Jake mußte aufpassen, wohin er trat. Nicht auszudenken, was geschehen würde, wenn er ausrutschen und eine Lawine auslösen würde – besonders, da er nicht wußte, ob die Abgefallenen Wachposten aufgestellt hatten oder über Sensoren verfügten. Doch Jake erreichte den Boden der Felsspalte noch rechtzeitig. Verstohlen schlich er durch das Durcheinander der Steine auf der Talsohle und näherte sich dem Eingang des Engpasses. Die Minuten zogen sich langsam dahin. Von hier konnte Jake die Lagerfeuer wieder erkennen, und der Wind trug den Geruch von brennendem Holz und kochendem Essen zu ihm. Er konnte auch schwache Stimmen hören, aber sie waren so weit entfernt, daß er nicht verstand, was sie sagten.

Nachdem er so lange gewartet hatte, daß er sich schon wie eine hinter einem Felsen kauernde Statue vorkam und der Schmerz in seinen Beinen immer stärker wurde, befürchtete er schon, daß etwas schiefgegangen war. Was, wenn die Abgefallenen am oberen Rand der Schlucht Wachen postiert und Nog ergriffen hatten? Was, wenn sie bereits wußten, daß er hier draußen war, und einen mit Phasern bewaffneten Trupp ausgeschickt hatten, der nach ihm suchen sollte? Was, wenn …

Krach! Das Geräusch eines großen Felsen, der irgendwo über ihm den Hang hinabrollte, riß Jake aus seinen besorgten Gedanken. Dann stürzten scheppernd und tosend weitere Felsen hinab. Jake vernahm im Lager beunruhigte Schreie und fiel in einen Laufschritt. Gebückt versuchte er, Felsen zwischen sich und etwaigen Beobachtern zu halten. Als er sich dem Lager näherte, verstand er, was die Abgefallenen riefen: »Wieder ein Erdrutsch! Geht von der Klippe zurück!« und »Wir brauchen hier drüben Hilfe! Schnell! Eine Hütte ist blockiert!« Der Rest war Verwirrung, Schreie und Flüche und besorgte Fragen der überraschten Bajoraner.

Schließlich erreichte Jake den Eingang. Nun sah er, daß das Lager von einem trockenen Graben umgeben war, der in den Abzugskanal in der Mitte führte. Eine metallene Zugbrücke lag darüber, doch die Wachen hatten sie zum Glück nicht hochgezogen. Und noch besser war, daß etwaige Posten anscheinend ebenfalls zu der verschütteten Hütte gelaufen waren, um den darin gefangenen Abgefallenen zu helfen. Jake eilte über die Brücke und hoffte, daß er keinen Alarm auslöste.

Er prallte direkt gegen ein paar Bajoraner, die Spaten und Äxte trugen. »Paß gefälligst auf!« knurrte einer von ihnen ihn in der Dunkelheit an.

Jake lief auf die Rückseite der ersten Reihe der Zelte und Hütten und kauerte sich nieder. Er schloß die Augen und versuchte sich zu erinnern, wo laut Sesanas Beschreibung die Hütte mit dem Gefangenen war. Sie müßte ein Stück vor und links von ihm liegen, zwischen zwei großen, zylindrischen Behältern. Es war noch immer sehr dunkel, doch die Kochfeuer in der Nähe des breiten Kanals in der Mitte des Lagers spendeten etwas Licht. Als Jake aufschaute, konnte er die Sterne sehen, aber sie zitterten und tanzten seltsam. Ihm fiel ein, daß er sie durch die Tarnvorkehrung betrachtete, die das Lager schützte. Er wünschte nur, die Vorkehrung würde etwas Helligkeit abgeben.

Er kam zu dem ersten Tank, der so groß wie ein Haus war und aus rostigem Metall bestand. Jake drückte sich gegen ihn und schlich weiter. Ja, vor ihm befand sich eine Hütte, und sie wurde nicht bewacht. Er lief zu ihr und zerrte an der Tür. Es klirrte, und Jake bückte sich und erblickte ein primitives Vorhängeschloß. »Wer ist da?« fragte eine Stimme aus dem Inneren der Hütte scharf. Jake erkannte den Sprecher sofort: Dr. Bashir.

»Ich, Jake Sisko«, antwortete er so laut, wie er es wagte. »Ich hole Sie da raus! Warten Sie einen Augenblick!«

Jake tastete in der Dunkelheit den Boden ab. Er berührte zahlreiche Steine und suchte sich einen aus, der halb so groß wie sein Kopf war. Damit schlug er so heftig gegen das Schloß, daß die Funken flogen. Der erste Versuch schlug fehl, und Jake zögerte, es ein zweites Mal zu wagen – doch dann hörte er das Geräusch, mit dem sich ein weiterer Erdrutsch hinabwälzte. Er grinste. Nog übertraf sich wirklich selbst! In der nachfolgenden Verwirrung hämmerte Jake auf das Schloß ein; manchmal traf, manchmal verfehlte er es, und einmal schlug er sich schlimm auf den Finger. Doch endlich zerbrach das Schloß mit einem scharfen Knall, und Jake riß die Tür auf.

Im Inneren der Hütte stand ein unrasierter und mitgenommen wirkender Dr. Bashir, dessen Gesicht im flackernden Licht einer uralten Öllampe von äußerster Verwirrung kündete. »Jake!« rief er. »Wie hast du mich gefunden? Wer ist noch dabei?«

»Nur Nog«, erwiderte Jake. »Beeilen wir uns, bevor sie merken, daß hier etwas nicht stimmt.«

»Genau«, sagte der Arzt.

Sie blieben kurz auf der Schwelle stehen, und als sie festgestellt hatten, daß die Luft rein war, stürmten sie hinaus und durch die Nacht. Sowohl Jake als auch Dr. Bashir stolperten mehrmals, und einmal lief Jake gegen die Ecke einer kleinen Hütte, die er in der Dunkelheit nicht gesehen hatte. Aber irgendwie schafften sie es bis zum letzten Zelt. Direkt vor ihnen lag die Metallbrücke – und sie wurde gerade von einer Gruppe von sechs Bajoranern überquert, von denen drei Fackeln trugen. Zwei andere hielten eine sich windende und zappelnde Gestalt fest.

»O nein«, stöhnte Jake leise auf. Ihr Plan war gelungen, aber nur teilweise. Sie hatten Dr. Bashir befreit – doch nun hatten die Abgefallenen Nog gefangengenommen!

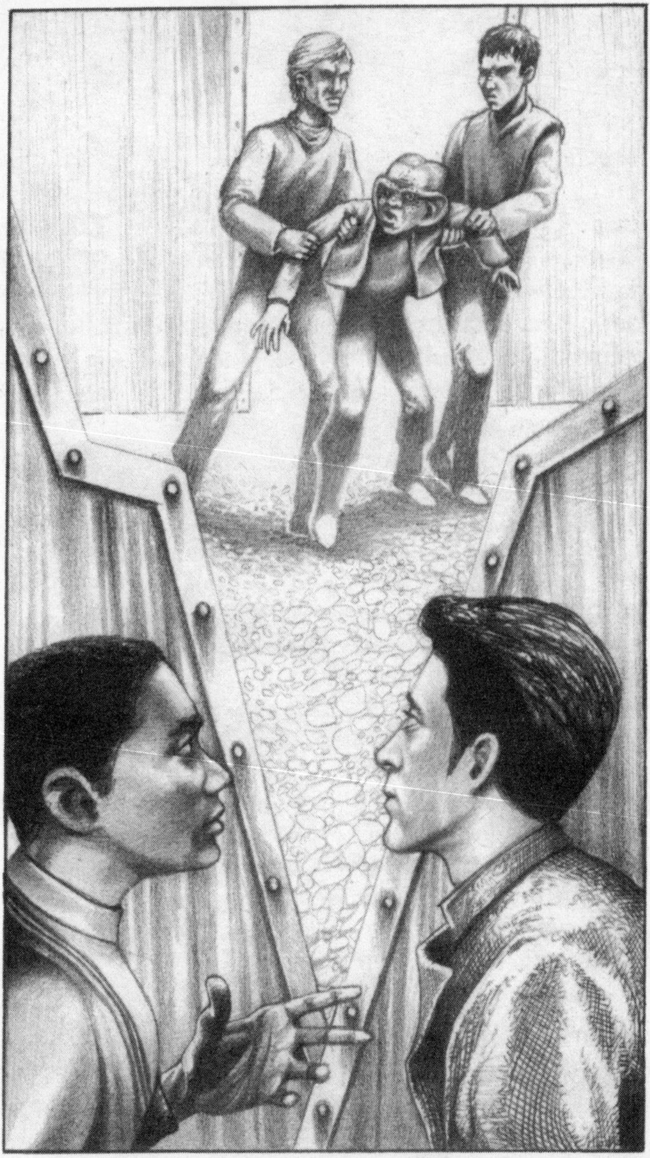

9

»Wenn Sie ein Held sein wollen«, flüsterte Jake, »wäre das eine gute Gelegenheit.«

Neben ihm ging Dr. Bashir in die Hocke. Sie befanden sich hinter einem Zelt, und auf der anderen Seite brüllte ein wütender Tikar Antol Befehle. »Der Ferengi behauptet, ein Freund von ihm sei nach Sakelo City zurückgekehrt, um die Behörden zu alarmieren. Du, Veldor! Fahre mit Beklesh im schnellsten Landtrans los und halte diesen Freund auf. Du kannst den Pheromon-Sensor mitnehmen. Der wird dich auf seine Spur bringen.«

»Und was machen wir dann mit ihm?« fragte eine tiefe Stimme.

»Mir doch egal! Bringt ihn meinetwegen um und werft ihn in die Schlucht!« schnaubte Tikar. »Nein, wartet! Vielleicht solltet ihr ihn zurückbringen, damit ich ihn verhören kann. Der Vedek muß morgen unbedingt sterben – wir müssen herausfinden, ob die Mönche vermuten, daß wir noch ein Attentat unternehmen werden.«

»Komm mit«, flüsterte Dr. Bashir Jake zu.

»Aber sie haben Nog ...«, begann Jake.

»Und ich werde ihn zurückholen. Komm mit – ich weiß, was ich tue.«

Jake folgte dem davoneilenden Arzt. Im Lager kehrte nach dem Tumult und Durcheinander, das die Erdrutsche ausgelöst hatten, allmählich wieder der Normalzustand ein, doch niemand hielt sie auf. Sie gelangten zu einem Kuppelbau mit einem stählernen Maschendrahttor an einer Seite. Dr. Bashir stöhnte leise auf, als er das Tor öffnen wollte, aber feststellen mußte, daß es verschlossen war. »Das ist die Garage«, erklärte er schnell. »In diesem Gebäude sind alle Landtrans. Wenn wir zu ihnen gelangen könnten…« Er trat zurück und betrachtete den Kuppelbau. »Da oben«, sagte er. »Siehst du den Vorsprung über dem Tor? Glaubst du, du könntest dort hinaufklettern?«

»Ich kann es ja mal versuchen«, erwiderte Jake unsicher. Mit dem Klettern hatte er keine besonders große Erfahrung.

»Dann wollen wir mal sehen, ob wir dort hinaufkommen.« Dr. Bashir hangelte sich das Tor hinauf. Oben angelangt, streckte er die Arme aus, ergriff den Rand des Simses und schwang ein Bein hinauf. Jake hielt den Atem an, doch dem Arzt gelang es, sich quälend langsam hochzuziehen. »Und jetzt du!« flüsterte er dann.

Die Maschen waren ziemlich groß, so daß Jake fast wie auf einer sehr steilen Leiter das Tor hinaufklettern konnte. Dann griff er nach dem Vorsprung und hätte fast das Gleichgewicht verloren. Er fühlte, wie Dr. Bashirs Hand sich um sein Gelenk schloß. »Ich helfe dir«, sagte der Arzt. »Fertig? Also los!«

Jake stieß sich ab und versuchte, auf den Sims zu gelangen. Er bekam die Schultern hinauf, doch ihm wurde klar, daß er es ohne Hilfe nicht weiter schaffen würde. Zum Glück packte Dr. Bashir ihn und zog ihn hoch, und Jake landete zitternd und völlig außer Atem auf dem Vorsprung. »Und jetzt?« fragte er.

»Jetzt bleiben wir hier ruhig sitzen, bis sie den Landtrans hinausfahren«, sagte der Arzt. »Dann werden wir in das Fahrzeug hinabspringen. Es ist ein Sprung von etwa zwei Metern, also müssen wir vorsichtig sein. Ich übernehme den Fahrer, du den Beifahrer. Und spring ja nicht daneben!«

Jake fiel ohne Probleme etwa ein gutes Dutzend Gründe ein, den Plan des Arztes nicht durchzuführen, doch bevor er auch nur einen davon erwähnen konnte, eilten zwei Bajoraner zu der Garage. Sie blieben genau unter Jake stehen, schlossen das Tor auf und öffneten es. »Beide Phaser auf volle Stärke eingestellt?« fragte der eine den anderen.

»Ich habe sie selbst überprüft«, erwiderte dieser, und seine Stimme verriet, daß es sich um Veldor handelte. Er trug zwei kurze, gewehrähnliche Waffen, auf Gestelle geschraubte Phaser, damit man sie nicht nur im Nahkampf, sondern auch auf mittlere Reichweite benutzen konnte. Die beiden Männer verschwanden außer Sicht. Kurz darauf hörte Jake das Winseln eines Landtrans.

Dr. Bashir berührte seinen Arm. »Sie werden ganz langsam hinausfahren«, sagte er. »Einer wird aussteigen müssen, um das Tor abzuschließen. Sobald wir sie sehen, springen wir gleichzeitig hinab.«

Ein gelbes Licht leuchtete unter ihnen auf, die Scheinwerfer des Landtrans. Das Fahrzeug kam mit lautem Brummen aus der Garage. Dr. Bashir rief »Jetzt!«, und bevor Jake richtig darüber nachdenken konnte, sprang er.

Der Landtrans verfügte über zwei Sitze – für den Fahrer und einen Beifahrer –, doch der hintere Teil war eine leere, offene Fläche, wie bei einem uralten terrestrischen Lieferwagen. Jake und der Arzt landeten hart darauf, doch bevor auch nur ein Geräusch über die Lippen der Bajoraner kam, hatte Dr. Bashir schon einen der Phaser ergriffen. Der unglückliche Veldor hatte sie nach hinten auf die Ladefläche gelegt. »Raus«, sagte Dr. Bashir und winkte drohend mit dem Phaser. »Jake, nimm die andere Waffe.«

Der Sprung hatte Jakes erst vor kurzem verheilten Knöchel erschüttert, und als er sich bückte und die Waffe aufhob, biß er vor Schmerz die Zähne zusammen. Das Gerät war ihm nicht vertraut – Jake hatte noch nie auch nur einen Phaser der Föderation abgefeuert, und dieser hier war im Vergleich dazu schwer und unhandlich. Trotzdem hielt er ihn genau, wie Dr. Bashir seine Waffe hielt, und hoffte, daß er ebenfalls gefährlich wirkte.

Veldor, ein schwerfälliger, bärtiger Bajoraner, stieg langsam aus. Der andere, Beklesh, war kleiner und hatte offensichtlich mehr Angst. »Halte sie in Schach, Jake«, sagte Dr. Bashir und rutschte auf den Fahrersitz.

»Du wirst uns nicht entkommen, Mensch«, sagte Veldor. »Für diesen törichten Versuch wird dir Tikar den Kopf abschlagen.«

»Tja, wenn man bedenkt, was er mit mir im Sinn hatte, ist das eine ziemlich schwache Drohung«, erwiderte der Arzt. »Hier scheint alles in

Ordnung zu sein. Veldor, geben Sie mir den Schlüssel für das Tor. Sofort!«

Der schwergewichtige Bajoraner zog vorsichtig den Schlüssel hervor und übergab ihn. »In die Garage mit euch«, sagte Dr. Bashir. Er warf einen Blick über die Schulter zurück und fügte hinzu: »Wenn sie Dummheiten machen, erschießt du sie. Volle Ladung.«

»Klar«, knurrte Jake und versuchte, seine Stimme tief und drohend klingen zu lassen. Er hoffte, daß die beiden Bajoraner nicht merkten, daß er nicht die geringste Ahnung hatte, wie man diese seltsame Waffe auslöste.

Als die beiden in dem Gebäude waren, schlug Dr. Bashir das schwere Tor zu und schloß es ab. Dann warf er den Schlüssel in die Dunkelheit. Er stieg wieder in den Landtrans und setzte ihn in Bewegung. Das Fahrzeug rollte eine freigeräumte Fläche entlang, die durch die Mitte des Lagers führte und als behelfsmäßige Straße diente. »Und jetzt«, sagte der Arzt, »müssen wir Nog befreien. Jake, glaubst du, du kannst dieses Ding fahren?«

»Keine Ahnung«, gestand Jake ein.

»Versuche es mal. Klettere hinter das Lenkrad.«

Sie hielten an und tauschten die Plätze. Das ›Lenkrad‹ sah eigentlich eher wie eine auf der Seite liegende 8 aus. Dr. Bashir zeigte ihm, wie er beschleunigen konnte, indem er einen Griff rechts davon drehte, und wie man die Gänge wechselte, indem man einen Griff links von der 8 betätigte. »Die Bremse ist das Pedal neben deinem Fuß«, sagte er. »Jetzt fahre direkt aus dem Lager hinaus, und dann wendest du.«

Sie näherten sich dem hinteren Teil des Lagers, den Jake noch nicht gesehen hatte, weil er aus der anderen Richtung gekommen war. Der Landtrans schwankte und zitterte, als Jake die Gänge wechselte, rollte aber weiter. »Vorsicht«, sagte Dr. Bashir. »Vor uns ist ein Streckenposten. Sie rechnen damit, daß Veldor in dem Fahrzeug sitzt und anhalten wird. Fahre aber weiter.«

»Alles klar«, sagte Jake.

Zwei Bajoraner hielten hier Wache, weit entfernt von der Stätte des von Nog ausgelösten Erdrutsches. Sie hatten die Phaser gesenkt und traten langsam vor. Als ihnen klar wurde, daß der Landtrans nicht anhalten würde, hob einer von ihnen die Waffe. Doch Dr. Bashir richtete sich plötzlich auf dem Beifahrersitz auf und schoß zweimal. Beide Wachen brachen zusammen. »Keine Angst«, sagte der Arzt, als er sich wieder auf den Sitz fallen ließ. »Ich habe ihn auf *Betäubung* eingestellt. Sie werden in spätestens einer Stunde wieder zu sich kommen. Paß auf den Abzugsgraben auf!«

Der Weg endete, und sie rumpelten über den steinübersäten Talboden weiter. »Halte mal kurz an«, sagte Dr. Bashir. »Wir müssen nachdenken. Selbst bei Höchstgeschwindigkeit brauchen wir mindestens eine Stunde, um zur Stadt zu gelangen – und das würde bedeuten, daß wir Nog zurücklassen.«

»Aber das können wir nicht«, sagte Jake.

»Nein. Aber die Abgefallenen sind in der Überzahl und werden jeden Augenblick die Verfolgung aufnehmen. Was schlägst du vor, Jake?«

Jake fühlte sich ganz mies. Woher sollte er das

denn wissen? Die Erwachsenen wollten doch immer das Sagen haben! Er riß sich zusammen. »Wir haben wohl keine andere Wahl«, meinte er. »Wir müssen umkehren und Nog holen.«

»Du hast recht. Wende hier«, sagte der Arzt, nachdem er kurz nachgedacht hatte. »Nein, fahre von dem Graben weg und nicht auf ihn zu. Das ist besser.« Er seufzte. »Na ja«, fuhr er dann fort, »wenigstens haben wir die Überraschung auf unserer Seite. Ich bin selbst überrascht, daß wir es allein versuchen!«

Jake fuhr mit dem Landtrans einen weiten Kreis. Er mußte sich eingestehen, daß es ihm allmählich Spaß machte, hinter dem Steuer zu sitzen. Im Vergleich zum Raumschiff *Excalibur* oder auch nur zum Shuttle *Einstein* handelte es sich bei dem Landtrans um eine klapprige, uralte Maschine, doch Jake kam sie groß und leistungsfähig vor. Den letzten Teil des Kreises fuhr er etwas langsamer. »Und jetzt?« fragte er.

Hinter ihm legte der Arzt irgendeinen Schalter an dem Phaser um. »Und jetzt«, sagte er, »möchte ich, daß du mit Höchstgeschwindigkeit mitten durch das Lager fährst – und die Daumen drückst, daß auf der anderen Seite die Brücke noch hinabgelassen ist!«

»Was haben Sie vor?« fragte Jake, und es gelang ihm nicht, die Besorgnis und Angst aus seiner Stimme zu halten.

»Ich werde es diesen Abgefallenen schon zeigen!« sagte Dr. Bashir. Dann hüstelte er verlegen. »Falls ich geradeaus schießen kann, heißt das. Bremse sofort, wenn ich es dir sage. Aber bis dahin müssen wir so schnell wie möglich fahren.

Veldor und Beklesh haben sich vielleicht schon aus der Garage befreien können, und wir dürfen kein Risiko eingehen. Alles klar? Dann los!«

Jake fuhr den Motor hoch, bis er laut dröhnte. Der Landtrans machte einen Satz, und das gelbe Licht seiner Scheinwerfer erhellte ihren Weg. Jake bemühte sich, das Fahrzeug auf geradem Kurs zu halten, und folgte den eigenen Spuren zurück zum Lager. Sie ließen die verblüfften Wachen hinter sich; dann flogen Zelte, Metallhütten und Kochfeuer nur so an ihnen vorbei. Dr. Bashir zeigte auf eine Metallkuppel rechts von ihnen, genau in der Mitte des Lagers. »Da«, sagte er. »Das ist mein Ziel. Halte den Wagen ruhig ...«

Der Wind schlug in Jakes Gesicht. Er kniff die Augen zusammen und bemerkte dann, daß in einiger Entfernung mehrere Männer auf sie zugelaufen kamen. Einer zerrte einen Handphaser hervor und feuerte ihn ab, doch der Strahl fuhr ein gutes Stück links von Jake durch die Luft. »Sie schießen!« rief Jake.

»Ganz ruhig«, sagte der Arzt. »Es geht los!«

Er feuerte das Phasergewehr ab. Ein weißglühender Energiestrahl löste sich daraus, schlug wie ein Blitz gegen die Metallkuppel und entzündete mit einem unheimlichen Feuer alles in der Nähe der Einschlagstelle. Dann explodierte die Kuppel mit einem lauten Knall, und ein rotes Licht loderte rechts von ihnen auf. Sie rasten daran vorbei, doch einen Sekundenbruchteil später rollte die Schockwelle über sie hinweg und ließ den Landtrans heftig schlingern. Vor ihnen taumelten die Wachen, die auf sie zugelaufen waren,

warfen sich zu Boden und schirmten die Augen ab. Eine Sekunde später erklang eine weitere ohrenbetäubende Explosion hinter ihnen, und dann hatten sie die Zugbrücke erreicht. Jetzt standen zwei Posten vor ihnen, die jedoch zur Seite sprangen, als der Landtrans genau auf sie zuhielt. Keiner von ihnen kam dazu, auch nur einen Schuß abzugeben.

Dann hatten sie das Lager verlassen und befanden sich auf dem runden Sandplatz, auf dem die Abgefallenen ihre Übungen veranstaltet hatten, während Jake, Nog und Sesana sie beobachtet hatten. Jake fuhr auf den schmalen Spalt zwischen den Felsmassen zu, die die Erdrutsche in der Kluft aufgehäuft hatten. »Alles klar«, sagte Dr. Bashir. »Du kannst jetzt anhalten und umdrehen, aber fahre noch nicht zurück.«

Jake zitterte vor Aufregung, doch er bremste das Fahrzeug vorsichtig ab und wendete, bis sie wieder zum Lager schauten. Er kniff die Augen zusammen. Dort tobte ein Feuer; rote Flammen und schwarzer Rauch stiegen hoch. »Was haben Sie getan?« fragte Jake.

»Ihnen die Suppe versalzen«, erwiderte der Arzt. »Als ich mich als unfreiwilliger Gast bei Tikar Antol befand, hat er mir etwas gezeigt, worauf er sehr stolz war: eine romulanische Tarnvorrichtung, die er in dieser Metallkuppel installiert hatte. Verstehst du, nur deshalb konnten die Abgefallenen sich hier halten – niemand konnte sie aus der Luft entdecken, und niemand wußte genau, wie groß das Lager war oder mit wieviel Widerstand sie rechnen mußten. Tikar hat gesagt, die Leute in der Stadt würden glauben, er hätte wahrscheinlich ein paar tausend Soldaten um sich geschart.«

»Und das stimmte nicht?« fragte Jake.

»Es waren vielleicht zweihundert«, erwiderte der Arzt. »Höchstens. Das Lager ist zwar ziemlich groß, doch seit dem Rückzug der Cardassianer stehen die meisten Gebäude und Zelte leer. Tikar hat einen fürchterlichen Ruf, doch es steckt kaum etwas dahinter. Jetzt werden die Bajoraner selbst feststellen können, wie winzig die Bedrohung ist, die er darstellt.«

»Aber nicht für den Vedek«, sagte Jake.

»Das stimmt.« Dr. Bashirs Stimme klang nachdenklich. »Sie haben einen Attentäter, der versuchen wird, den neuen Vedek morgen bei der Einführungszeremonie zu ermorden. Für mich hatten sie etwas Exotischeres geplant, das mit einer Droge und etwas noch Gefährlicherem zu tun hatte.«

»Ich habe davon gehört.«

»Ja, aber ...« Plötzlich erhob Dr. Bashir sich. »Da kommt Tikar«, sagte er. »Jetzt steht uns der schwierige Teil bevor.«

Jake schluckte heftig. Was auch immer er von Tikar Antol hielt, wie skrupellos und böse er ihm vorkam, es ließ sich nicht bestreiten, daß der Anführer der Abgefallenen ein tapferer Mann war. Lediglich von zwei Wachen begleitet, kam er aus dem Lager und schritt direkt in das Licht der Scheinwerfer des Landtrans. Er blieb vielleicht zehn Meter vor dem Fahrzeug stehen.

»Menschen«, sagte er, und in seiner Stimme schwang Verachtung mit. »Ich vermute, ihr seid stolz auf euch. Ihr müßt euch für sehr klug halten.

Aber ihr habt ein kleines Detail vergessen. Dieses Detail befindet sich bei uns im Lager, und es heißt Nog. Wenn ihr euch jetzt ergebt, lassen wir den Ferengi leben. Wenn nicht …«

Lässig beugte Dr. Bashir sich vor. »Sie sind nicht mehr in der Position zu verhandeln, Antol«, sagte er freundlich. »Wir haben Sie schon zu lange aufgehalten. Die Behörden in der Stadt wissen bereits, daß wir hier sind und Sie mich gefangengenommen haben. Sie haben bereits Deep Space Nine davon informiert. Und es dürfte Ihren Plänen nicht förderlich sein, daß zufällig ein Raumschiff der Föderation an der Station angedockt liegt. Sie wollen doch nicht mehr hier sein, wenn die *Excalibur* erscheint, nicht wahr?«

»Sie lügen«, knurrte Tikar Antol.

»Wenn Sie meinen«, entgegnete Dr. Bashir ganz ruhig. »Sie werden die Wahrheit früh genug erfahren. Aber ich möchte Sie warnen. Die Föderation bringt ihren Feinden nicht besonders viel Gnade entgegen. Besonders nicht, wenn sie Offiziere entführt haben und den Sohn eines hohen Würdenträgers der Ferengi festhalten.«

Jake wäre fast erstickt, doch es gelang ihm mit Mühe, nicht laut loszulachen, als er hörte, wie der Arzt Nogs Vater Rom bezeichnete.

Einen Augenblick lang stand Tikar reglos im Licht der Scheinwerfer. Sein Gesicht war starr vor Zorn und Frustration. »Was schlagen Sie vor?« sagte er dann.

Dr. Bashir spreizte die Hände. »Ich glaube, Sie können Ihr Lager nicht mehr tarnen. Am besten machen Sie sich auf den Weg und suchen sich einen neuen Stützpunkt. Und ich schlage vor …

wenn Sie aufbrechen, lassen Sie die Vandellium-Bombe zurück. Die Waffenexperten von Starfleet können sie entschärfen. Ihnen und Ihren Abgefallenen bleiben noch etwa fünf Stunden bis Sonnenaufgang. Legen Sie in dieser Zeit eine so große Strecke wie möglich zurück. Und nehmen Sie all Ihre Leute mit, Tikar – einschließlich des Attentäters. Ansonsten kann ich Ihnen nicht garantieren, daß meine Freunde von Starfleet Sie in Ruhe lassen werden.«

Einer von Tikars Gefolgsleuten wollte protestieren, doch der Rebell unterbrach ihn mit einem wütenden Blick. Dann funkelte er Dr. Bashir an. »Ich bin schon lange Freiheitskämpfer«, sagte er. »Ich weiß, wann es sinnlos ist zu kämpfen und ich mich zurückziehen muß. Doch ich warne Sie ... Sie haben sich heute einen gefährlichen Feind gemacht. Unsere nächste Begegnung wird nicht so ... angenehm sein.«

»Schicken Sie den Ferengi raus«, sagte Dr. Bashir. »Dann können Sie und Ihre Leute gehen, wohin Sie wollen. Aber wenn Sie wissen, was gut für Sie ist, sind Sie bei Anbruch der Morgendämmerung nicht mehr hier.«

Tikar wandte sich auf dem Absatz um und ging zum Lager zurück. Dort brannte das Feuer noch immer und versprühte Funken. Nach einem Augenblick hörte Jake, daß Dr. Bashir laut ausatmete.

»Sie waren toll«, sagte Jake.

»Ich hatte noch nie in meinem Leben solche Angst«, gestand Dr. Bashir mit zitternder Stimme ein.

Verblüfft musterte Jake ihn. Der Arzt hatte sich zurückgelehnt und die Augen geschlossen. Sein

Gesicht leuchtete im Licht des fernen Feuers. »Ich dachte, Sie hätten es auf Abenteuer abgesehen«, sagte Jake.

»Ich habe genug davon gehabt«, erwiderte der Arzt. »Vielen Dank.«

Jake dachte ein paar Minuten lang über den Raumfalken und seinen neuesten Triumph nach. Dann eilte eine kleine Gestalt auf sie zu. Jake grinste. Es war der wohlbehaltene und unverletzte Nog.

10

Falls Sakelo City ihnen bei ihrer Ankunft überfüllt vorgekommen war, platzte die Stadt nun aus allen Nähten. Jake, Nog und Sesana betrachteten die riesige, bunte Menge, die jubelte, schrie und winkte.

Eine würdevolle Prozession bahnte sich den Weg durch die Straßen, ein Dutzend Wagen, die von den seltsamen grünen Tieren gezogen wurden. Alle waren mit Blumen geschmückt, mit roten und orangefarbenen, gelben und aufsehenerregenden blaugrünen, und in jedem Wagen standen Mönche, die nicht minder leuchtende Umhänge in entsprechenden Farben trugen.

Abgesehen von einem ebenfalls mit Blumen geschmückten offenen Wagen, auf dem Jake, Nog, Sesana, Dr. Bashir – und der neue Vedek fuhren. Sesana schien fassungslos zu sein. Sie war am Vorabend zu ihrem Vater gegangen und hatte dann die Constables informiert. Mehrere Beamte waren Jake und den anderen begegnet, als sie in dem Landtrans zur Stadt zurückfuhren. Doch dann hatte Sesana gewaltigen Ärger mit ihren Eltern bekommen. Zum Glück hatte Dr. Bashir erklärt, wie wichtig ihre Hilfe gewesen war, und dann hatten sie eine Nachricht vom Vedek persönlich erhalten: Alle vier sollten ihn bei der Prozession begleiten.

Jake war noch immer besorgt; nur allzugut erinnerte er sich an Tikar Antols Drohung. Irgendwo in dieser Menge konnte ein Attentäter lauern. Vielleicht richtete genau in diesem Augenblick jemand einen Phaser auf sie oder bereitete sich darauf vor, eine Bombe zu werfen, oder … Jake schluckte. Er mochte gar nicht an all die mörderischen Möglichkeiten denken.

Die Prozession hielt auf einem der größten Marktplätze der Stadt an, auf dem eine große Bühne errichtet worden war. Der Vedek bestand darauf, daß sie ihn dorthin begleiteten. Der großväterliche alte Mann schritt zur Mitte der Bühne und hob die Hände, um Schweigen zu gebieten.

Als der Jubel endlich verklungen war, ergriff er das Wort. Er sprach schlicht und einfach, verlieh seiner Hoffnung Ausdruck, daß Frieden einkehren und alte Wunden heilen mögen. Bajor sei *eine* Welt, sagte er, und ganz gleich, welche Meinungsverschiedenheiten es unter ihren Kindern gäbe, es waren noch immer ihre Kinder – *ein* Volk, das erkennen mußte, daß es zusammengehörte und füreinander einzutreten hatte. Dann deutete er auf Dr. Bashir.

Mit einem schmerzlichen Grinsen, das auf seinem Gesicht erstarrt zu sein schien, trat der Arzt vor. Die Menge schaute ihn erwartungsvoll an. Dr. Bashir räusperte sich. »Äh … als Bürger der Vereinten Föderation der Planeten freue ich mich heute mit Ihnen«, sagte er dann. »Wir wünschen uns nichts sehnlicher als den Tag, an dem alle Bajoraner in Frieden und Harmonie miteinander leben können. Das Universum ist groß, meine Freunde. Darin ist Platz für jeden Glauben – und

Platz genug, daß jeder Anhänger eines bestimmten Glaubens alle anderen respektieren kann.« Dann winkte er.

Die Leute auf dem Marktplatz jubelten ihm begeistert zu, doch als er sich abwandte, war das kränkliche Grinsen noch immer vorhanden. »Wie furchtbar«, flüsterte er Jake zu.

»Was ist los?« fragte Jake. »Haben Sie einen Attentäter gesehen?«

Der Arzt schüttelte den Kopf. »Nein. Ich meine, vor einer so großen Menge zu sprechen«, murmelte er.

Die Zeremonie währte noch zwei Stunden, doch schon lange, bevor sie vorüber war, gelang es Sesana, Jake und Nog, sich davonzustehlen. »Euer Freund hat dem bajoranischen Rat einen großen Gefallen erwiesen, indem er bei Vedek Cariks Amtseinführung sprach«, sagte sie zu ihnen. »Er hat jetzt eine viel bessere Meinung von der Föderation.«

»Das will ich hoffen«, sagte Jake. »All diese Sorgen und Gefahren müssen doch irgend etwas gebracht haben.«

»Wann kehrt ihr nach Deep Space Nine zurück?« fragte Sesana.

»In ein paar Stunden«, sagte Nog. »Und das heißt, mir bleibt keine Zeit für Geschäfte mehr. Na ja, mein Onkel wird sogar mit diesem wertlosen Tand noch einen guten Profit machen.« Er schüttelte mit seinen Rucksack, der nun alle möglichen Waren enthielt.

Sesana lächelte ihn an, und dann öffnete sie die Kette, die sie um den Hals trug. »Hier«, sagte sie und gab ihm den Anthrolit-Kristall. »Das ist der

schönste, den ich je gefunden habe. Hoffentlich macht er dich glücklich.«

Nogs Augen strahlten plötzlich. »Du bist eine wunderschöne und freundliche Dame«, sagte er. »Wenn ich je etwas für dich tun kann, mußt du es nur sagen. Ich werde dir auch einen Sonderpreis machen.«

Jake verdrehte die Augen. »Ich hoffe, daß wir eines Tages nach Bajor zurückkehren können«, sagte er dann. »Oder vielleicht kannst du einmal nach Deep Space Nine kommen.«

»Das würde mir gefallen«, gestand Sesana ein.

»Es muß dort draußen im Weltraum wunderschön sein, so weit weg von all den dummen Ärgernissen und Sorgen eines Planeten wie Bajor.«

»Na ja«, erwiderte Jake lächelnd. »Sagen wir mal so … es hat seine Vorteile, auf einer Raumstation zu wohnen.«

Jake, Nog und Dr. Bashir brachen an diesem Nachmittag mit der *Einstein* auf. Nog war überaus neugierig. »Warum hat Tikar Antol nicht versucht, den Vedek zu töten?« fragte er. »Aus dieser Menge hätte man doch leicht auf ihn schießen können.«

»Ich kenne den Grund«, sagte Jake. »Er hat sich nicht getraut, weil Dr. Bashir Tikar Antol wissen ließ, daß die *Excalibur* in der Nähe ist.«

»Genau«, sagte der Arzt mit überraschend grimmiger Stimme. »Versteht ihr, die Abgefallenen haben jetzt kein Versteck mehr. Wäre der bajoranische Rat der Ansicht gewesen, daß Tikar in Anwesenheit von Repräsentanten der Föderation ein Attentat auf einen religiösen Führer wie den Vedek Carik begehen wollte, hätte er Starfleet bestimmt um eine Intervention gebeten. Und das hätte Tikar ganz bestimmt nicht in den Kram gepaßt – vor allem, da er diese kleine Vandellium-Bombe nicht mehr hat.«

»Man hat sie also gefunden?« fragte Nog.

»Die Constables haben sie mitgebracht. Sie befindet sich jetzt an einem sicheren Ort. Der Rat wird Starfleet bitten, sie unschädlich zu machen.«

Nog schaute nicht besonders beruhigt drein. »Und wenn er eine andere bekommt?«

»Das halte ich für unwahrscheinlich. Diese hier wurde vor Jahren den cardassianischen Streitkräften gestohlen. Aber selbst die Cardassianer haben sie nur selten eingesetzt; daher wird sich wohl kaum noch eine auf dem Planeten befinden. Und bei Bajors technischem Entwicklungsstand ist es völlig ausgeschlossen, daß sie so eine Bombe selbst bauen.«

Jake seufzte. »Ich würde eines Tages gern nach Sakelo City zurückkehren«, sagte er.

»Ich auch«, sagte Dr. Bashir mit sarkastischem Tonfall. »Aber dann allein. Wißt ihr überhaupt, in welchen Schwierigkeiten ihr steckt, Jungs?«

»Was?« rief Nog. »Sie wollen damit doch nicht sagen, daß Sie uns verraten werden?«

»Nog, auf Deep Space Nine wird man mittlerweile wissen, daß ihr verschwunden seid«, erwiderte Dr. Bashir. »Man wird ...«

»Hören Sie zu«, sagte Nog. »Wir haben alles arrangiert. Mein Vater hat dafür gesorgt, daß alle glauben, Jake wäre bei mir. Mit etwas Glück kommen wir nach Deep Space Nine zurück, und niemand wird je davon erfahren. Erwachsene achten nicht auf Kinder, außer, wenn sie im Weg sind.«

Dr. Bashir schüttelte den Kopf. »Das hilft euch nicht weiter. Ich muß euern Eltern ganz einfach sagen, was passiert ist.«

»Oh, Mann«, stöhnte Jake. Er bezweifelte, daß er je wieder einen Planeten sehen würde, sollte sein Dad von diesem kleinen Ausflug erfahren. Und ganz bestimmt nicht Bajor – nachdem sich Sakelo City als so gefährlich erwiesen hatte, wie Commander Sisko es von Anfang an befürchtet hatte. »Müssen Sie es ihnen wirklich sagen?«

»Ich sehe keinen Ausweg«, erwiderte der Arzt. »Schließlich bin ich erwachsen und habe gewußt, daß die Reise gefährlich werden könnte. Ihr Kinder hättet jedoch getötet werden können, und dann ...«

»Was?« sagte Nog. »He, *wir* sind nicht mit dem alten Tikar losgezogen und gefangengenommen worden.«

Dr. Bashir runzelte die Stirn. »Das gehört nicht zur Sache. Ihr habt euch als blinde Passagiere davongeschlichen, und das ist ein ernstes Vergehen.«

»Augenblick mal«, sagte Nog. Ein verschlagenes Grinsen legte sich auf sein Gesicht. »Sprechen wir doch wie anständige Ferengi darüber. Vielleicht läßt sich ja für beide Seiten etwas herausholen. Zuerst einmal werden Sie eingestehen, daß wir Sie gerettet haben.«

»Na ja«, sagte Dr. Bashir, »ihr habt mir natürlich geholfen, aber eigentlich hatte ich meine Flucht schon geplant, bevor Jake auftauchte.«

Nog warf Jake einen bedeutungsvollen Blick zu. »Natürlich«, sagte er. »Aber wir haben Ihnen geholfen.«

»J-Ja«, gestand Dr. Bashir langsam ein. »Ihr habt mir geholfen.«

»Genau«, sagte Jake. »Wir waren da, als Sie uns gebraucht haben.« Obwohl er es sich nicht anmerken ließ, war er Nog sehr dankbar. Der junge Ferengi würde keine Schwierigkeiten bekommen, denn Quark und Rom hatten ihm geholfen, auf den Planeten zu kommen. Nog tat das alles nur für Jake – und obendrein noch völlig kostenlos. Für einen Ferengi war dies ein wunderbarer Freundschaftsdienst.

Nog sponn den Faden weiter. »Und wenn wir nicht zur Stelle gewesen wären und Ihr Plan nicht funktioniert hätte, wären Sie unter Drogen gesetzt worden, und die Vandellium-Bombe hätte alles Leben auf Deep Space Nine und den angedockten Schiffen vernichtet, nicht wahr?«

»Ja«, sagte Dr. Bashir erneut. »Worauf willst du hinaus, Nog?«

Aber Nog war noch nicht bereit, es ihm zu verraten. »Und«, sagte er, »wenn wir Ihnen nicht geholfen hätten und Ihr Plan fehlgeschlagen wäre, wäre der neue Vedek ermordet worden. Vielleicht hätte jemand seinen Platz eingenommen, der der Föderation nicht so freundlich gesonnen ist. Richtig?«

»Ich weiß noch immer nicht, was du damit sagen willst«, beharrte Dr. Bashir.

»Ganz einfach«, erwiderte Nog. »Wenn niemandem auffällt, daß wir verschwunden waren, müssen Sie uns gar nicht erwähnen. Dann können Sie den ganzen Ruhm für sich einheimsen. *Falls* jemandem aufgefallen sein sollte, daß wir fort waren, werden Sie klarstellen, wie wichtig unsere Hilfe war. Es war schon eine gute Tat, daß wir Ihnen zur Flucht verholfen und damit den Vedek gerettet haben. Daß wir Deep Space Nine vor einer Vandellium-Bombe gerettet haben, war eine noch bessere Tat. Also wird man uns nicht allzu streng bestrafen. Das ist auf jeden Fall viel besser als die Alternative.«

»Und was ist das für eine Alternative?« fragte Dr. Bashir argwöhnisch.

Nog sah Jake an. Jake grinste. »Die Alternative wäre«, sagte er, »daß wir allen an Bord von Deep Space Nine erzählen, wie wir mit dem Raumfalken auf eine Spionagemission gegangen sind.«

Dr. Bashirs gebräuntes Gesicht wurde sehr rot. »Ihr ... ihr habt das gehört?« fragte er.

»Jedes einzelne Wort«, sagte Nog.

Nach einem Augenblick seufzte der Arzt laut. »Na schön«, sagte er. »Zumindest soviel kann ich euch versprechen: Wenn ihr vergeßt, daß es den Raumfalken je gegeben hat, werde ich betonen, wie sehr ihr mir geholfen habt.«

»Abgemacht«, sagte Nog.

Jake entspannte sich. Auf dem Bildschirm kam in der Ferne Deep Space Nine in Sicht, dessen seltsam geformte Masse sich dunkel vor der samtenen Schwärze des Alls abhob, aber gleichzeitig mit Lichtern übersät war. Jake betrachtete die Station mit gemischten Gefühlen. Er hatte eine gewisse Zeit auf einem Planeten verbringen wollen, und das war ihm gelungen – auch wenn der Aufenthalt dort nicht so verlaufen war, wie er es erwartet hatte. Aber jetzt flog er nach Deep Space Nine zurück, und angesichts dieses Gedankens verspürte er einen seltsamen Trost. Er und sein Vater waren Menschen von der Erde, aber jetzt lebten sie hier draußen, zwischen den Sternen.

Und Jake kehrte nach Hause zurück.

STAR TREK™

in der Reihe
HEYNE SCIENCE FICTION & FANTASY

STAR TREK: CLASSIC SERIE

Vonda N. McIntyre, Star Trek II: Der Zorn des Khan · 06/3971
Vonda N. McIntyre, Der Entropie-Effekt · 06/3988
Robert E. Vardeman, Das Klingonen-Gambit · 06/4035
Lee Correy, Hort des Lebens · 06/4083
Vonda N. McIntyre, Star Trek III: Auf der Suche nach Mr. Spock · 06/4181
S. M. Murdock, Das Netz der Romulaner · 06/4209
Sonni Cooper, Schwarzes Feuer · 06/4270
Robert E. Vardeman, Meuterei auf der Enterprise · 06/4285
Howard Weinstein, Die Macht der Krone · 06/4342
Sondra Marshak & Myrna Culbreath, Das Prometheus-Projekt · 06/4379
Sondra Marshak & Myrna Culbreath, Tödliches Dreieck · 06/4411
A. C. Crispin, Sohn der Vergangenheit · 06/4431
Diane Duane, Der verwundete Himmel · 06/4458
David Dvorkin, Die Trellisane-Konfrontation · 06/4474
Vonda N. McIntyre, Star Trek IV: Zurück in die Gegenwart · 06/4486
Greg Bear, Corona · 06/4499
John M. Ford, Der letzte Schachzug · 06/4528
Diane Duane, Der Feind – mein Verbündeter · 06/4535
Melinda Snodgrass, Die Tränen der Sänger · 06/4551
Jean Lorrah, Mord an der Vulkan Akademie · 06/4568
Janet Kagan, Uhuras Lied · 06/4605
Laurence Yep, Herr der Schatten · 06/4627
Barbara Hambly, Ishmael · 06/4662
J. M. Dillard, Star Trek V: Am Rande des Universums · 06/4682
Della van Hise, Zeit zu töten · 06/4698
Margaret Wander Bonanno, Geiseln für den Frieden · 06/4724
Majliss Larson, Das Faustpfand der Klingonen · 06/4741
J. M. Dillard, Bewußtseinsschatten · 06/4762
Brad Ferguson, Krise auf Centaurus · 06/4776
Diane Carey, Das Schlachtschiff · 06/4804
J. M. Dillard, Dämonen · 06/4819
Diane Duane, Spocks Welt · 06/4830
Diane Carey, Der Verräter · 06/4848
Gene DeWeese, Zwischen den Fronten · 06/4862
J. M. Dillard, Die verlorenen Jahre · 06/4869
Howard Weinstein, Akkalla · 06/4879
Carmen Carter, McCoys Träume · 06/4898
Diane Duane & Peter Norwood, Die Romulaner · 06/4907
John M. Ford, Was kostet dieser Planet? · 06/4922
J. M. Dillard, Blutdurst · 06/4929

STAR TREK™

Gene Roddenberry, Star Trek (I): Der Film · 06/4942
J. M. Dillard, Star Trek VI: Das unentdeckte Land · 06/4943
David Dvorkin, Die Zeitfalle · 06/4996
Barbara Paul, Das Drei-Minuten-Universum · 06/5005
Judith & Garfield Reeves-Stevens, Das Zentralgehirn · 06/5015
Gene DeWeese, Nexus · 06/5019
D. C. Fontana, Vulkans Ruhm · 06/5043
Judith & Garfield Reeves-Stevens, Die erste Direktive · 06/5051
Michael Jan Friedman, Das Doppelgänger-Komplott · 06/5067
Judy Klass, Der Boacozwischenfall · 06/5086
Julia Ecklar, Kobayashi Maru · 06/5103
Peter Norwood, Angriff auf Dekkanar · 06/5147
Carolyn Clowes, Das Pandora-Prinzip · 06/5167
Diana Duane, Die Befehle des Doktors · 06/5247
V. E. Mitchell, Der unsichtbare Gegner · 06/5248
Dana Kramer-Rolls, Der Prüfstein ihrer Vergangenheit · 06/5273
Michael Jan Friedman, Schatten auf der Sonne · 06/5179 (in Vorb.)
Barbara Hambly, Der Kampf ums nackte Überleben · 06/5334 (in Vorb.)
Brad Ferguson, Eine Flagge voller Sterne · 06/5349 (in Vorb.)

STAR TREK: DIE NÄCHSTE GENERATION
David Gerrold, Mission Farpoint · 06/4589
Gene DeWeese, Die Friedenswächter · 06/4646
Carmen Carter, Die Kinder von Hamlin · 06/4685
Jean Lorrah, Überlebende · 06/4705
Peter David, Planet der Waffen · 06/4733
Diane Carey, Gespensterschiff · 06/4757
Howard Weinstein, Macht Hunger · 06/4771
John Vornholt, Masken · 06/4787
David & Daniel Dvorkin, Die Ehre des Captain · 06/4793
Michael Jan Friedman, Ein Ruf in die Dunkelheit · 06/4814
Peter David, Eine Hölle namens Paradies · 06/4837
Jean Lorrah, Metamorphose · 06/4856
Keith Sharee, Gullivers Flüchtlinge · 06/4889
Carmen Carter u. a., Planet des Untergangs · 06/4899
A. C. Crispin, Die Augen der Betrachter · 06/4914
Howard Weinstein, Im Exil · 06/4937
Michael Jan Friedman, Das verschwundene Juwel · 06/4958
John Vornholt, Kontamination · 06/4986
Mel Gilden, Baldwins Entdeckungen · 06/5024
Peter David, Vendetta · 06/5057
Peter David, Eine Lektion in Liebe · 06/5077
Howard Weinstein, Die Macht der Former · 06/5096
Michael Jan Friedman, Wieder vereint · 06/5142

STAR TREK™

T. L. Mancour, Spartacus · 06/5158
Bill McCay/Eloise Flood, Ketten der Gewalt · 06/5242
V. E. Mitchell, Die Jarada · 06/5279
John Vornholt, Kriegstrommeln · 06/5312
Laurell K. Hamilton, Nacht über Oriana · 06/5342 (in Vorb.)
David Bischoff, Die Epidemie · 06/5356

STAR TREK: DIE ANFÄNGE
Vonda N. McIntyre, Die erste Mission · 06/4619
Margaret Wander Bonanno, Fremde vom Himmel · 06/4669
Diane Carey, Die letzte Grenze · 06/4714

STAR TREK: DEEP SPACE NINE
J. M. Dillard, Botschafter · 06/5115
Peter David, Die Belagerung · 06/5129
K. W. Jeter, Die Station der Cardassianer · 06/5130
Sandy Schofield, Das große Spiel · 06/5187
Lois Tilton, Verrat · 06/5323

DAS STAR TREK-UNIVERSUM, 2 Bde.,
überarbeitete und aktualisierte Neuausgabe!
von *Ralph Sander* · 06/5150

William Shatner/Chris Kreski, Star Trek Erinnerungen · 06/5188

Phil Farrand, Cap'n Beckmessers Führer durch
Star Trek – Die nächste Generation · 06/5199

STARFLEET KADETTEN
John Vornholt, Star Trek Generationen · 06/6501
Peter David, Worfs erstes Abenteuer · 06/6502
Peter David, Mission auf Dantar · 06/6503
Peter David, Überleben · 06/6504 (in Vorb.)
Brad Strickland, Das Sternengespenst · 06/6505 (in Vorb.)
Brad Strickland, In den Wüsten von Bajor · 06/6506 (in Vorb.)
John Peel, Freiheitskämpfer · 06/6507 (in Vorb.)
Mel Gilden & Ted Pedersen, Das Schoßtierchen · 06/6508 (in Vorb.)
John Vornholt, Erobert die Flagge · 06/6509 (in Vorb.)
V. E. Mitchell, Die Atlantis Station · 06/6510 (in Vorb.)
Michael Jan Friedman, Die verschwundene Besatzung · 06/6511 (in Vorb.)

Diese Liste ist eine Bibliographie erschienener Titel
KEIN VERZEICHNIS LIEFERBARER BÜCHER!

HEYNE BÜCHER

Star Trek
Enzyklopädie

Auf welchem Planeten fand die Enterprise-D ihr Grab?
Auf diese und alle anderen Fragen zum Star Trek-Universum
gibt es jetzt erschöpfend Auskunft.
Die Enzyklopädie umfaßt sämtliche bisherigen Folgen
und die sieben Kinofilme.

06/5350

Wilhelm Heyne Verlag
München